AF191170

Monika Lorenz

Drei Frauen –
Ein Sommermärchen

Kurzgeschichten – heiter bis stürmisch

Bibliografische Information der Deutschen Nationalbibliothek:
Die Deutsche Nationalbibliothek verzeichnet diese
Publikation in der Deutschen Nationalbibliografie;
detaillierte bibliografische Daten sind im Internet
über http://dnb.dnb.de abrufbar.

© 2025 Monika Lorenz
Korrektorat: H.M. Lorenz
Verlag:
BoD · Books on Demand GmbH, Überseering 33,
22297 Hamburg, bod@bod.de
Druck:
Libri Plureos GmbH, Friedensallee 273, 22763 Hamburg
Grafik: polinaloves/ Vina amelia/ Shutterstock.com

ISBN: 978-3-8192-9591-1

Inhaltsverzeichnis

Steinreich

. Die Rapsfelder leuchteten in hellem Sonnengelb. Am Himmel darüber war kein
Wölkchen zu sehen. Ein tiefes Blau überzog
den weiten Himmel. Meike und Milla waren
früh aufgestanden und schon unterwegs auf
dem Weg durch die Felder. Rechts von ihnen
leuchtete in verschiedenen Blautönen das
Meer. Die Wellen schwappten leise rau-
schend an das Ufer. Auf der anderen Seite
des Weges wogten die Felder im stetig wehenden Wind. Rote Mohnblumen, blaue
Kornblumen und weiße Kamillenblüten
färbten die Ränder der Getreidefelder bunt.
Ausgelassen fröhlich zogen die beiden
Freundinnen ihres Wegs. Sie hatten eine
große Wanderung vor sich, doch bei diesem
herrlichen Tag war es eine reine Freude in
dieser großartigen Landschaft zu sein. Eine
Weile waren sie schon gegangen, als sie am
Weg ein kleines Haus mit einem Garten ent-
deckten. Sie blieben stehen und schauten
über den Zaun in eine leuchtend bunte

Farbenpracht. Die vielen, vielen bunten Blumen, die dort so reichlich wuchsen, blühten verschwenderisch. Fast sah der Garten ein wenig verwunschen aus. Auch das Haus, bewachsen mit rankendem Grün durch das hin und wieder das Fachwerk zu sehen war, gefiel den beiden außerordentlich.

„Hier könnte ich leben", Meike seufzte und schaute sich sinnend um.

„Dieser Garten wäre für mich das reinste Paradies", schwärmte Milla. Beide träumten so vor sich hin, wie es wohl wäre, hier zu wohnen.

„Ich würde mir in diesem Haus eine Praxis für besondere Massagen und Meditation einrichten." Meike bot in dem kleinen Dorf mitten auf der Insel Massagen, Meditation und Tanz an.

„Und ich würde im Garten Malunterricht geben, an so wunderbaren Tagen wie heute. Bestimmt wäre im Haus auch noch ein heller Raum frei für mein Mal-Atelier". So träumten die beiden Freundinnen und malten sich in den schönsten Farben ihre Zukunft in diesem verwunschenen Haus mit dem prachtvollen Garten aus. Niemand störte sie bei ihren Gedankenspielen. Die Bienen summten über den vielen Blüten, der Wind wehte stetig und immer wieder zogen Blumendüfte über den Zaun zu den beiden.

„Tja, so schön unsere Träume auch sind und so wunderbar gerade dieses Haus mit dem farbenfrohen Garten zu uns passen würde, wir haben einfach nicht genug Moneten, um uns so einen Traum zu erfüllen."

„Schade, dass es immer an dem blöden Geld scheitern muss, Was könnten wir anderen Menschen damit Gutes tun. Gestresste Menschen könnten in diesem schönen Garten wieder zur Ruhe finden. Die gute Meeresluft würde allen zusätzlich nur guttun. Aber leider, leider ….."

„Ja, wenn wir nur mal reich wären. So viel brauchte es ja gar nicht zu sein. Nur gerade so viel, um sich dieses verzauberte Häuschen leisten zu können."

Seufzend und etwas traurig liefen die beiden weiter, drehten sich noch einige Male um, doch dann schritten sie wieder zügig aus. Sie wollten sich doch diesen wunderschönen Tag nicht mit traurigen Gedanken vermiesen lassen. Bald schon konnten sie wieder lachen. Die herrliche Umgebung, die Wellen, die leise an den Strand schwappten, die Sonne, die sie mit ihren Strahlen fast schon zu sehr wärmte, der weite Blick über die wogenden Felder mit dem leuchtend roten Mohn darin und die klare Luft berauschten richtig und sie lachten fröhlich über ihre verrückten Träume.

Gegen Mittag kamen sie am Ziel ihrer Wanderung an. Direkt an der Steilküste lag das kleine Fischerdörfchen mit seinen strohgedeckten Katen und den bunten Stockrosen an den weißen Wänden. Am kleinen Hafen hatte ein Fischer seinen Räucherschrank aufgebaut und bot frisch geräucherte Fische noch heiß direkt aus dem Rauch an. Mit gut belegten Fischbrötchen in der Hand setzten sich die beiden Freundinnen auf die dicken Steine, die direkt am Flutsaum lagen. Das Fischbrötchen schmeckte lecker, die mitgebrachten Äpfel wurden als Dessert verspeist. Einige Momente ließen sie sich noch von der Sonne bestrahlen, dann machten sie sich auf, liefen am Strand unter der Steilküste entlang. Über viele kleine und größere Steine mussten sie klettern und da, Meike bückte sich und hob einen Stein hoch. Das war ja mal ein ganz besonderer Stein. Weiß von außen, aber an einer Stelle schimmerte schwarz durch das Weiß. Doch das Besondere war die Form. Einen „Kopf" mit einem „Schnabel" und unter dem schmaleren „Hals" wölbte sich ein dicker Bauch. Das ganze Gebilde sah aus wie ein Pinguin.

„Den nehmen wir mit", war die einhellige Meinung von beiden. Nun hatte sie ein Fieber gepackt. Kopf nach unten, den Blick nur noch auf die Steine gerichtet, hoben sie mal diesen mal jenen schönen oder besonderen Stein auf. Alle waren irgendwie seltsam und wert, mitgenommen zu werden. Ihre Rucksäcke füllten sich. Doch jeder der gesammelten Steine war so besonders, sie konnten sich nicht davon trennen.

Nach einer Weile, die Rucksäcke waren fast voll, meinten sie, es wäre jetzt wohl genug.

„Wir müssen ja auch noch den ganzen Weg wieder zurücklaufen. Aber das schaffen wir schon," meinte Milla. Die Rucksäcke wurden geschultert, mit fröhlichem Lachen machten sie sich auf den Heimweg. Doch dieser zog sich in die Länge. Die Riemen der Rucksäcke schnitten immer tiefer in die Schultern ein. Die beiden wurden immer langsamer, ihr Rücken immer gebeugter. Zum ersten Mal hielten sie an der Kapelle an. Ließen die so schwer gewordenen Rucksäcke auf den Weg sinken, öffneten sie und schauten sich ihre „Funde" an.

„Jetzt sind wir reich, Stein-reich," lachte Meike.

„Das wollten wir doch so gerne sein," meine Milla schmunzelnd.

„Nur, so schön die Steine auch sind, unseren Traum können sie leider nicht erfüllen. Schade!" Und wie bei „Hans-im-Glück" sortierten sie einige der weniger besonderen Steine aus, legten sie an den Wegesrand und schulterten die Rucksäcke erneut.

Wieder gingen sie einige Meilen, jetzt schon etwas langsamer und manchmal schnaufend. Doch dann drückten die Rucksäcke wieder so schwer auf den Rücken, sie blieben stehen. Die Sonne stand hoch am Himmel und schickte ihre warmen Strahlen auf die beiden Freundinnen. Denen liefen inzwischen schon die Schweißtropfen in die Augen.

„Also, so „reich" wollte ich eigentlich gar nicht sein," schnaufte Meike.

„Tja, Reichtum ist doch ziemlich schwer zu er-tragen," meinte Milla nach Luft schnappend.

„Weißt du was, Meike, ich trenne mich jetzt von meinem „Stein-Reichtum". Nur zwei, drei der besonderen Steine werde ich mitnehmen. Die kann ich wohl tragen."

Genauso machten es die Beiden. Nur der besondere Stein, der „Pinguin" kam zurück in Meikes Rucksack und noch zwei schöne weiße Steine dazu. Auch Milla sortierte aus und behielt nur drei, vier ihrer schönsten Steine.

„Nun ist mir wohler. Ich bin zwar nicht mehr „stein-reich", aber viel unbeschwerter."

„Da hast du vollkommen recht. Reichtum ist nur eine Last. Wir haben unsere Freundschaft, unsere Träume und unsere Fröhlichkeit. Wir sind reich genug. Wenn auch die Träume meistens nur Schäume bleiben, so macht es doch viel Spaß, zu träumen und sich vieles Schöne vorzustellen, dass man zwar mit Reichtum erhalten könnte. Doch würde es uns glücklicher machen, wenn wir es bekommen hätten? Oder ist grad das Träumen davon viel erfüllender!"

Beide fielen sich in die Arme, lachten und freuten sich an einem schönen Tag, an ihrer schon so langen Freundschaft und, dass sie immer wieder so verrückte Träume hatten.

Sonnenaufgang auf Rügen

Schon auf der Brücke zur Insel wehte zarter Duft in die Eisenbahnwagons. Die Rapsfelder standen in voller Blüte. Sonnengelb wogten rechts und links der Bahntrasse die Felder im leichten Wind. Ich stand am offenen Fenster und nahm die ganze Schönheit dieser Fahrt in mich auf. Am Bahnhof der kleinen Stadt in der Inselmitte wartete bereits meine Freundin Mara auf mich. Seit einem Jahr lebte Mara nun auf der Insel. Einen sehr kalten Winter mit viel Schnee, aufgetürmten Eisschollen auf dem Meer, hohen Schneeverwehungen, die das kleine Dorf von der Außenwelt abschnitten, hatte sie erlebt. Doch nun war es Frühling, die Sonne lachte und das Land leuchtete in hellem Grün: Mara und ich wollten ein langes Wochenende hier auf der Insel zusammen verbringen. Am Bahnhof fielen wir uns freudestrahlend in die Arme. Endlich war es so weit und wir sahen uns nach dem langen Winter wieder. Ich lebte im Süden und freute mich, diese große Insel im Norden mit einer so ganz anderen Landschaft zu entdecken.

Zwei Tage waren wir inzwischen auf der Insel unterwegs gewesen. Hatten schöne Wanderungen zwischen blauem Meer und weiten sonnengelb blühenden Rapsfeldern unternommen. Als wir an diesem Nachmittag wieder in Maras Wohnung in der ehemaligen Plattenbausiedlung ankamen, fragte Mara:

„Was meinst Du, Mona, hättest du Lust, mal mit mir einen Sonnenaufgang am Meer zu erleben? Ich würde das so gerne, traue mich aber nicht, allein am frühen Morgen zum Strand hinunterzugehen."

„Oh, das wäre ein Traum, so etwas habe ich noch niemals erlebt. Da mache ich auf jeden Fall mit," meinte ich ganz begeistert.

„Allerdings müssten wir sehr früh losgehen, denn in dieser Jahreszeit sind die Nächte hier oben im Norden kurz und die Sonne geht schon sehr früh auf," gab Mara zu bedenken.

„Das ist mir egal, so etwas Besonderes erlebe ich doch nicht alle Tage und Schlaf können wir später nachholen."

„Wollen wir dann gleich morgen früh losgehen?" fragte Mara zaghaft.

„Unbedingt, was brauchen wir denn dafür?"

„Wir erkundigen uns, wann die Sonne morgen aufgehen wird, dann gehen wir heute Abend früh schlafen, stellen den Wecker und haben eine kurze Nacht. Noch im Dunklen müssten wir losgehen." Wir bereiteten eine Thermoskanne Tee und ein paar Kekse als kleines Frühstück vor und gingen zeitig schlafen.

Um zwei Uhr nachts klingelte der Wecker. Das Aufstehen fiel uns beiden sichtlich schwer. Der heiße Tee und die Kekse weckten die Lebensgeister ein wenig. Schnell waren wir fertig zum Losgehen. Der Himmel erwartete uns nachtschwarz, als wir aus dem Haus traten. Ich hakte mich bei Mara ein, denn ich bin nachtblind. Schnell liefen wir los. Eine bestimmte kleine Bucht hatte Mara ausgesucht, in der wir den Sonnenaufgang erleben wollten. Bis dahin war es noch ein ziemlich langer Weg. Dieser Weg führte durch eine Gartenkolonie. Jetzt im Frühling standen hier die Fliederbüsche in voller Blüte und ihr starker Duft erfüllte die Luft ringsherum und hüllte uns

Nachtwanderinnen ein. Überhaupt nahmen wir die Geräusche, die verschiedenen Blütendüfte und vor allem den Gesang der Vögel in dieser frühen Morgenstunde überaus intensiv wahr. Alles kam uns überdeutlich vor. Vielleicht waren unsere Sinne auch durch die Aufregung vor dem kommenden Abenteuer geschärft. Die Vögel zwitscherten und sangen aus voller Kehle, sie freuten sich wohl auch auf einen schönen sonnigen warmen Tag. Die Eindrücke jedenfalls waren überwältigend. Doch wir durften uns dadurch nicht aufhalten lassen. Mara trieb uns an.

„Wir müssen uns beeilen, Mona. Schau, im Osten wird der Himmel schon heller und wir haben noch eine längere Strecke zu gehen. Wir müssen schneller laufen." Wir liefen nun schneller durch die schmalen Wege der Gartenkolonie, dann an den weiten Feldern mit den süß duftenden Rapsblüten entlang und kamen endlich auf den Weg, der zum Meer führte. Noch ein kleines Stück auf dem Hochufer gelaufen, dann führte ein schmaler, steiler Weg hinunter an den Strand. Wir schlitterten und rutschten den Hang hinunter und kamen doch heil auf dem Sand unten an.

„Gerade noch geschafft und der Himmel ist noch dunkel genug," seufzte erleichtert Mara. Ich schaute mich um. Hinter uns im Westen war immer noch pechschwarze Nacht. Doch im Osten sah man einen sehr schmalen Streifen, mehr eine Ahnung von Helligkeit. Mara lief ein paar Schritte ins Meer hinein. Hier wollte sie, verbunden mit den Elementen Wasser, Erde, Luft die Sonne aufgehen sehen. Ich blieb auf dem Sand stehen. Das Wasser war mir doch noch zu kalt. Schweigend schauten wir auf den Himmel im Osten. Der helle Streifen wandelte sich langsam, doch zusehends in zartes goldenes Licht. Immer intensiver und leuchtender wurde es. Wie ein goldener Schleier flutete es über die Wasserfläche und hüllte alles, Himmel, Meer und steiles Ufer in sein goldenes Leuchten ein. Wie flüssiges Gold schwebte dieses Leuchten auf dem Wasser. Immer stärker wurde das gesamte Meer vom östlichen Horizont bis in unsere Bucht hinein von Gold überzogen. Die Wellen, die leise an den Strand schwappten, hatten Spitzen von hellerem Gold. Dieses leuchtende Gold überzog auch den Sand, die Büsche der Steilküste, den gesamten Himmel. Alles ringsum war in ein unglaublich goldenes Licht getaucht. Mara im Wasser und ich auf dem Sand waren ebenso vom goldenen Licht überzogen. Hinter uns, wie mit einem dunklen Schirm abgegrenzt zog sich eine tiefe Schwärze bis zum westlichen Horizont. Eingetaucht in dieses geheimnisvolle goldene Licht standen wir beide und waren sprachlos. Es war unbeschreiblich und nie hätten wir gedacht, so etwas Magisches zu erleben. Ein tiefes Gefühl, mit allen Elementen ringsherum verbunden zu sein, hatte mich ergriffen. Tief bewegt schaute ich auf dieses unglaubliche Leuchten, auf dieses von flüssigem Gold überzogene Wasser. Fast wie von etwas Göttlichem berührt stand ich schweigend da. Dieser magische Moment, dieses Gefühl, mit der ganzen Schöpfung ringsum eins zu sein, brannte sich in meine Seele ein. Nie in meinem Leben würde ich dieses unglaubliche Erlebnis vergessen. Wie lange dieses goldene Licht über dem Wasser lag, ich könnte es nicht sagen, mein Zeitgefühl war mir abhandengekommen. Sehr langsam erschienen auf einmal zarte Strahlen am östlichen Horizont. Nach und nach wurden sie stärker, heller, intensiver. Das goldene Leuchten auf dem Wasser veränderte sich. Ein breiter silberner Streifen zog über das Meer auf die Bucht, in der wir beide standen, zu. Immer blauer wurde nun auch der Himmel. Mit einem Mal tauchte aus dem Wasser im Osten die helle Scheibe der Sonne auf. Noch konnte man sie ansehen, doch immer schneller stieg sie nach oben und wurde gleißend. Der Morgen war heraufgezogen. Noch immer überwältigt kletterten wir beide schweigend den Hang hinauf. Strebten den blühenden Rapsfeldern zu und liefen tiefer-füllt durch die morgendliche Landschaft, durch die Gärten mit ihren blühenden, duftenden Fliederbüschen und den noch immer singenden Vögeln Maras Wohnung zu.

Mitten in den Feldern drehte ich mich einmal um und schaute zurück. Was ich dort sah, überraschte mich sehr. Ein großes, sehr starkes weißes Licht schwebte über dem Feld einige Meter hinter mir, wie mit sehr starken Scheinwerfern kreisrund auf das Feld geworfen. Was war das und wieso war es kreisrund? Konnte ich meinen Augen überhaupt trauen? War es meine übersteigerte

Wahrnehmung durch das unglaubliche Erlebnis zuvor? War es etwas Außerirdisches? Ich war so gebannt und sprachlos, dass ich Mara nicht darauf hinweisen konnte. Endlich drehte ich mich zurück und machte Mara aufmerksam. Doch als sie zurückschaute, war das Licht verschwunden. Das Feld sah aus wie immer, ein blühendes Rapsfeld eben. Dieses außergewöhnliche morgendliche Erlebnis ist wie ein farbiger Film in mir eingebrannt.

Noch sehr deutlich erinnere ich den intensiven Duft des Flieders, habe den Gesang der Vögel im Ohr, sehe das starke kreisrunde Scheinwerferlicht hinter mir. Doch ganz besonders intensiv sehe ich das unglaubliche goldene Leuchten auf dem Wasser und die gesamte Bucht im goldenen Licht in meiner Erinnerung

So etwas erlebt man nur einmal im Leben und wird es lebenslang nie vergessen.

Ein unvergessliches Wochenende

Am Sonntagmorgen

Nach langem tiefem Schlaf, den wir nach unserem unglaublichen Erlebnis am Tag vorher nötig hatten, zeigte sich der Sonntagmorgen strahlend schön. Wir beschlossen, heute mit einem kleinen Dampfer über den Bodden nach Hiddensee zu fahren.

Gleich nach dem Frühstück brachen wir auf. Eine Allee mit dicken, alten, verknorpelten Bäumen führte zu dem kleinen Hafen Breege, in dem der Dampfer, der uns nach Hiddensee fahren sollte, lag. Diese Bäume trugen gerade ihr frisch grünes Frühlingskleid. Zwischen den Bäumen sah man hellgelb blühende Rapsfelder leuchten. Bei diesem Anblick wäre jedes Malerherz vor Freude aufgegangen. Auf den dicken unregelmäßigen Feldsteinen, mit denen diese alte Allee noch gepflastert war, ließ es sich nur mühsam gehen. Doch die knorrigen alten Bäume, das helle Frühlingsgrün der Blätter, das leuchtende Gelb der Rapsfelder und die alten Feldsteine, ergaben zusammen den Eindruck eines Bildes eines frischen, fröhlichen Frühlingsmorgens. Erfüllt von diesem schönen Morgen, kamen wir am kleinen Hafen in Breege an. Hier wartete der Dampfer schon auf uns.

Hiddensee und der Dornbusch

Diese grüne stille Insel ist eine Oase. Als wir mit dem Dampfer anlegten, waren noch kaum Besucher angekommen. Wir machten uns gleich auf den Weg zum nördlichen Teil der Insel. Der Weg war gesäumt von vielen Ginstersträuchern, die übersät mit großen, hellgelben Blüten in der Morgensonne leuchteten. Ein Stück weiter änderte sich die Vegetation. Nun begleiteten uns Sanddornsträucher und Heckenrosen. Auch sie standen gerade in voller Blüte. Immer wieder blieben wir stehen und schnupperten an den duftenden Heckenrosen. Weiter ging der Weg zum Leuchtturm „Dornbusch". Dieser Leuchtturm ist das Wahrzeichen der Insel Hiddensee. In seiner Nähe steht eine Kiefer. Vom starken, immer aus westlicher Richtung wehenden Wind, sind ihre Zweige nur zur östlichen Seite gewachsen. Zusammen mit dem Leuchtturm sind beide als Bild für den Wetterbericht sogar im Fernsehen zu sehen. Vom Dornbusch oben bietet sich dem Besucher ein wunderbarer Blick weithin über die Ostsee. Bei klarem Wetter und guter Sicht kann man die Insel Rügen von hier aus gut erkennen. Lange Zeit standen wir hier und ließen uns von der wunderbaren Aussicht verzaubern. Die frische Seeluft tat noch ein Übriges dazu. Nachdem wir wieder hinuntergestiegen waren, wanderten wir noch längere Zeit über diese bezaubernde Insel und besuchten die vielen Sehenswürdigkeiten,

Am späten Nachmittag fuhr unser kleiner Dampfer zurück. Die Fahrt durch den malerischen Bodden war für uns richtig romantisch. Doch für den Schiffsführer bedeutete es, mit großer Konzentration zu fahren. Die schmale, tiefere Fahrrinne zog sich in vielen Windungen durch das flache Wasser des Boddens. Überall steckten Zweige oder Stangen im Wasser und durch diesen „Slalom" mussten die Untiefen umfahren werden. Uns auf dem Dampfer war das ganz recht, so konnten wir eine längere schöne Fahrt auf dem   Wasser   genießen.   Die

Spätnachmittagssonne schien inzwischen und tauchte das überall wachsende Schilf in rötliches Licht. Auch auf der Wasserfläche glänzten die rötlich-goldenen Strahlen, nur manchmal durch kleine Wellen unterbrochen. Diese rötlich glitzernde Wasserfläche zog unsere Blicke magisch an. Ganz vertieft in diesen romantischen Anblick ließen wir uns über den Bodden mit seinen Schilfinseln zurück zum kleinen Hafen Breege fahren. Kurz vor der Einfahrt in den Hafen sahen wir noch, wie die Sonne langsam im Meer unterging. Der Himmel färbte sich in Türkis, Violett, Gold und Tiefblau und bot ein grandioses Farbenspiel. Viel zu schnell kamen wir im kleinen Hafen wieder an. Unter dem dunkler werdenden Himmel, mit der schmalen Mondsichel und einigen aufgegangenen Sternen liefen wir die alte Allee nachhause zurück.

Ostermorgen - Osterfeuer

Das Haus in der kleinen Straße liegt im Dunklen. Nur der Schein der einzelnen Straßenlampe fällt auf die Haustür. Alles ist ruhig, schläft noch. Da öffnet sich leise die Haustür. Eine dunkle Gestalt schlüpft hinaus. Sie bleibt vor der Tür stehen, wartet. Oben auf der Straße schieben sich zwei helle Scheinwerfer um die Ecke und ohne Motorgeräusch rollt ein Fahrzeug wenige Meter die Straße hinunter bis zum Eingang des Hauses. Lautlos öffnet sich die Autotür. Die dunkle Gestalt vor dem Haus schlüpft schnell hinein und der Wagen rollt weiter die Straße hinunter und um die Ecke. Erst hier startet der Motor und das Auto fährt einige Straßen weiter zu einem kleinen Parkplatz. Hier bleibt es stehen, parkt, die Türen öffnen sich und zwei dunkle Frauengestalten schlüpfen heraus. Sie fassen sich an den Händen und streben einem dunklen Weg zu, der den Berg hinaufführt. Am Anfang liegt alles in tiefster Dunkelheit, doch dann wird der Weg an beiden Seiten mit kleinen

Teelichtern erleuchtet. Diese Lichtspur führt zu einem kleinen Platz. Hier enden die Lichter wieder. Leises Raunen ist kurz zu hören. Die beiden Frauen murmeln etwas und bleiben dann auf dem Platz stehen. Man fühlt, es sind schon ein paar andere dunkle Gestalten hier versammelt. Füße bewegen sich auf dem steinigen Boden. Jacken rascheln, wenn Jemand den Platz wechselt. Doch sonst ist alles in tiefstes Schweigen gehüllt. Eine Erwartung liegt über dem Platz. Auf was warten hier alle? Da, nun kommen wieder ein paar dunkle Gestalten den Lichterpfad entlang gehuscht, murmeln leise etwas und reihen sich zwischen den Gestalten auf dem Platz ein. Wieder tritt Schweigen ein. So geht das noch einige Male. Der kleine Platz wird immer voller. Nun spürt man schon die Einzelnen, die sich hier versammelt haben. Eine dunkle Gestalt geht von Person zu Person und drückt jeder einen kleinen Gegenstand in die Hand. Fühlbar ist eine kleine Schale mit einem weichen Inhalt. Was mag es sein? Auf einmal wird das Raunen stärker. Die Menschen rücken zusammen und bewegen sich zu einem Halbrund. In die Mitte dieses halbrunden Kreises wird ein metallischer

Gegenstand gestellt. Eine Stimme räuspert sich. Dann begrüßt diese Stimme die hier Wartenden. Ein vielstimmiger Gruß kommt zurück. Die unsichtbare dunkle Gestalt verließt einen Text. Es ist die altbekannte und doch immer neue Geschichte der Auferstehung Christi am Ostermorgen. Die Stimme stoppt an einer bestimmten Stelle. Ein Rascheln und Reiben beginnt. Da, ein winzig kleines Licht flammt auf. Ein Streichholz ist angezündet. Noch schwebt das kleine Flämmchen einsam über der Metallschale. Ein Holzstäbchen wird daran angezündet. Schon etwas heller leuchtet es. Die Stimme liest weiter im Text. Dann lässt sie das brennende Holzstäbchen fallen. Es fällt in die Metallschale. Dort entzündet es ein Papierknäuel, das hellaufleuchtet. Das Papierfeuer frisst sich weiter zwischen die aufgeschichteten Holzscheite. Knackend und knisternd fangen sie das Feuer auf und lassen sich davon entzünden. Jetzt lodert der ganze Holzstapel hell auf und die Flammen schlagen hoch aus dem Korb. Funken stieben in die noch dunkle Nacht.

„Lumen Christi, Lumen Christi", ruft die nun sichtbare Gestalt der Pastorin. Und die jetzt auch vom hellen Feuerschein erleuchteten Gesichter der um das Feuer Stehenden rufen es ihr nach.

„Christ ist erstanden". Es ist Ostern. Die große neue Osterkerze wird in das leuchtende Feuer gehalten und entzündet. Nach und nach halten alle Umstehenden ihre kleine Osterkerze in die heilige Flamme. Das helle Licht des Osterfeuers hat die kleinen Vögel in den umliegenden Bäumen im Schlaf überrascht. Ganz sacht und noch schlaftrunken fangen sie an zu zwitschern. Noch leise sind ihre Töne. Ein schmaler Streifen am östlichen Himmel wandelt sich und zeigt einen helleren Blauton. Die Vogelstimmen werden lauter und lauter. Immer neue Vögel stimmen in den Gesang ein. Jetzt ist es ein richtiges Morgenkonzert. Welch ein Erlebnis. Die Nacht verlässt die Szene. Die Helligkeit nimmt zu. Die Vögel jubilieren und die Menschen rund um das lodernde Feuer lachen und wünschen sich gegenseitig einen schönen Ostermorgen. Die Welt ist wieder auferstanden, der Tag hat begonnen. Welch ein Tag wird daraus werden? Frohe Ostern!

Blausternchen und Blaukehlchen
Eine Frühlingsgeschichte

Es war ein heller sonniger Morgen. In dem kleinen Tal plätscherte der Bach fröhlich über die vielen kleinen und größeren Steine in seinem Bachbett. An seinem Ufer standen dicht an dicht grüne Farne und reckten ihre Wedel in die immer wärmer werdenden Sonnenstrahlen. Oberhalb der Farne, rechts und links des Bachlaufs war die Erde mit saftig grünen Pflanzen bedeckt. Überall wohin man auch sah, leuchtete das Grün. Hin und wieder ragten aus diesem Grün einige weißgraue Stämme heraus. Doch die schmalen Blätter dieser Bäume ließen so viele Sonnenstrahlen in die Tiefe auf die grünen Pflanzen durchscheinen, dass die Pflanzen noch genügend Licht für ihre grünen Blätter bekamen. Diese Blätter gehörten zu einer ganz besonderen Pflanze. Nur hier in diesem Tal, an diesem Bachlauf wuchs sie. Durch das zerstäubende Wasser, das der Bach beim

Strudeln über die Steine produzierte und die vielen winzigen Tröpfchen, die durch die Luft auf die Blätter herunter wirbelten, brachten die Pflanzen die schönsten, grünleuchtenden großen runden Blätter hervor. Und so wuchsen und gediehen sie.

An diesem Morgen jedoch geschah etwas ungewöhnliches. Hier und dort zeigte sich ein zarter Stängel mit einer Knospe. Immer mehr wuchsen aus den Blättern hervor. Als die Sonne höher stieg und die Strahlen wärmer wurden, öffnete sich ganz vorsichtig eine Blüte nach der anderen. Und in dem grünen Blättergewirr wurde es auf einmal blau und immer blauer. Höher und höher reckten sich die zarten Blütenköpfe und falteten sich weit auf. Wie kleine blaue Sterne überzogen sie den Boden. Auf einmal sah die sonst so grüne Fläche intensiv blau aus.
Oben auf dem Zweig einer der Birken, die in diesem Tal wuchsen, zwitscherte schon seit einiger Zeit ein Vogel sein Lied. Seinen Schnabel weit aufgerissen, das Köpfchen in den Nacken gelegt schmetterte er sein Lied kräftig in den Morgen. Doch hin und wieder musste er Luft holen. Überrascht bemerkte

er, dass sich unter ihm im Tal etwas veränderte. Gewöhnt daran, auf eine völlig grüne Fläche hinunterzusehen, stutzte er und sah noch einmal mit seinem rechten Auge scharf nach unten. Tatsächlich, da hatte sich doch die Farbe in seinem Tal geändert. Wer hatte das verbrochen? Wer hatte sein Tal so verändert? Er schaute mit seinem linken Auge hinunter, dann wieder mit seinem rechten Auge. Es blieb unverändert blau. Nein, es wurde immer noch blauer und das Grün verschwand immer mehr. Aufgeregt flatterte der Vogel von seinem Ast auf einen tieferen, dann auf eine andere Birke, die noch tiefere Äste hatte. Ungläubig staunte er. Sein Tal hatte einfach so die Farbe gewechselt. Aufgebracht flatterte er mit seinen Flügeln, tschilpte zornig vor sich hin. Wieso kam diese Veränderung gerade jetzt? Der Zeitpunkt war so unmöglich. Gerade jetzt, wo er seine Liebeslieder in den Morgen schmetterte, damit seine von ihm so verehrte Vogelfrau ihn hören und in sein Tal zu ihm kommen sollte, gerade jetzt konnte er diese Veränderung überhaupt nicht gebrauchen. Wie sollte sie sein Tal erkennen? Neulich im Seitental hatte er sie getroffen und ihr von seinem wunderschönen leuchtend grünen Tal erzählt, sein Tal so angepriesen, es sei das schönste Tal der ganzen Umgebung. Nirgendwo würde sie ein grüneres Tal finden und für die Vogelkinderaufzucht wäre es mit dem sprudelnden Bach so sehr geeignet. Insekten gebe es genug. Ihre Kinderschar würde schnell groß und flügge werden. Nun wurde er sehr traurig und ließ seine Flügel hängen. Wie sollte sie ihn finden? Wenn es kein grünes, sondern nur ein blaues Tal gäbe?

Mutlos flatterte er von Ast zu Ast und landete irgendwann auf dem Boden. Da hockte er nun zwischen den vielen blauen Blüten, ließ die Flügel hängen und sann darüber nach, was er tun könnte, um doch noch die Vogelfrau in sein nun blaues Tal zu locken.

Als er so dahockte, Flügel traurig ausgebreitet, sein Kopf hing bis auf eine blaue Blüte, hörte er ein zartes Stimmchen. Zuerst merkte er gar nichts. Doch das Stimmchen wurde immer eindringlicher. Er hatte auch das Gefühl, als würde etwas an seinen Schnabel tippen. Er ließ sein rechtes Auge kreisen. Vor ihm sah er wieder nur blau. Dann fokussierte er mit seinem schärferen linken Auge.

Da blickte ihn doch etwas intensiv an. Inmitten von sechs sternförmigen blauen Blütenblättern schaute ihn ein kleines schwarzes Auge mit einem weißen Kreis drumherum an. Zwinkerte es ihn lächelnd an? Der Vogel richtete seine Flügelfedern und schaute nun genauer hin. Ja, das Auge lächelte ihn an. „Was lächelst du so? Ich mag deine blauen Blätter nicht. Du und die anderen Blauen haben mein schönes grünes Tal ganz verändert," quetschte er unmutig hervor.

„Was bist du nur für ein Dummkopf," schüttelte die blaue Blume ihren Blütenkopf. „Hast du dich noch niemals in einem Teich gespiegelt?" fragte sie ihn.

„Warum sollte ich das tun. Wasser trinke ich doch hier vom Bach. Da brauche ich bloß auf einen Stein zu hüpfen, tauche meinen Schnabel ins Wasser und habe alles, was ich brauche. Warum soll ich mir erst einen Teich suchen."

„Dann weißt du es gar nicht?" staunte die Blüte.

„Was soll ich nicht wissen? Was weißt du besser als ich?"

„Ich bin ein Blausternchen, so haben mich jedenfalls die Menschen genannt und als blauer Stern fühle ich mich auch. Nachts schauen die hellen, weißen Sterne vom dunklen Himmel herunter und am Tag schaue ich, das Blausternchen zum Himmel empor. Und so machen es auch meine vielen Geschwister. Hier in diesem Tal fühlen wir uns besonders wohl. Doch nun wieder zu dir. Wenn du schon mal in einen Teich, in ein ruhiges Wasser geschaut hättest, dann wüsstest du, dass du mir sehr ähnlich siehst. Wenn du auch ein Vogel bist und in der Luft fliegen kannst, während ich meine Wurzeln fest in der Erde verankert habe, so haben wir doch etwas gemeinsam."

„Was soll denn das schon sein, dass ich mit einer blauen Blume gemeinsam habe?" murmelte der Vogel. „Die Farbe!"

„Was," der Vogel riss die Augen auf. „Das glaube ich nie und nimmer. Ich habe doch schwarze Flügel und einen ebenso schwarzen Schwanz, das sehe ich doch beim Putzen meines Gefieders."

„Was du aber wohl nicht sehen kannst, ist deine wunderschöne blaue Kehle. Groß und aufgeplustert und leuchtend blau ist sie, wenn du deine schönen Lieder singst. Und das Schönste ist der weiße Stern mitten im

Blau. Siehst du nun, dass wir viel Gemeinsames haben? Auch dein Name klingt ähnlich wie meiner. Ich heiße Blausternchen und du nämlich Blaukehlchen." Völlig verdattert und sprachlos saß der Vogel da. „Blaukehlchen soll ich heißen und eine blaue Kehle mit einem weißen Stern haben? Wer hat mir diesen Namen gegeben und wer sagt, dass das auch stimmt?" Nachdenklich ruckte er mit seinem Köpfchen hin und her. „Ich muss unbedingt einen Teich mit einer ruhigen Wasserfläche finden, damit ich mich darin spiegeln kann und endlich weiß, wie ich wirklich aussehe und ob dieser Name für mich stimmt."

Dann erschrak er, denn ihm fiel etwas ein. Die Vogelfrau, die er im Nachbartal gesehen hatte und die ihm auf Anhieb so sehr gefallen hatte, konnte dann gar nicht zu ihm passen. Sie hatte nämlich eine leuchtend rote Kehle gehabt. Und gerade dieses leuchtende Rot hatte es ihm so angetan.

„Schade, dann wird es wohl nichts mit uns beiden." Nun brauchte er sich auch keine Gedanken zu machen, dass sie sein grünes und jetzt blaues Tal nicht finden könnte. Er schüttelte sein Gefieder, zupfte hier und da eine Feder in die richtige Reihe, plusterte sich auf und sagte sich, schon wieder ganz munter:

„Dann singe ich eben meine Lieder noch lauter und schöner und werde bestimmt ein Blaukehlchen damit anlocken können. Aufgeben, nein, nicht an einem so schönen sonnigen Tag, an dem ich meinen richtigen Namen erfahren habe."

Ein dichter Teppich wunderschöner blauer Blütenkelche unter ihm lächelte ihm strahlend hinterher, als er sich, ein fröhliches Lied schmetternd, in die Lüfte hob.

Der Garten meiner Mutter

Der Weg vom Haus zum Garten meiner Mutter war weit. Über die „Acht", eine Grünanlage in Form einer Acht, und an dem großen Kriegerdenkmal vorbei, ging der Weg weiter durch ein kleines verwunschenes Wäldchen. Noch ein Stück an einer Straße entlang, dann zweigte der Gartenweg ab. An diesem Weg lagen viele Kleingärten. Zäune gab es nicht zwischen den einzelnen Parzellen. Jeder hätte in die verschiedenen Gärten gehen können, doch das tat Niemand. Die gezogenen Grenzen wurden von allen respektiert.

Für meine Mutter war der Garten Urlaub, Kur, Erholung und Entspannung vom Alltag. Sie war oft allein in diesem riesigen Areal, aber niemals fühlte sie sich einsam dort, sondern war ganz in ihrem Element. Sie grub, säte, jätete und erntete und vergaß dabei die Alltagssorgen.

Der Sommer brachte viel Arbeit. Erbsen, Bohnen, Möhren, alles reifte auf einmal. Auch die Obstbäume streckten ihre Zweige mit den prallen Früchten in die Sonne. Besonders am großen Kirschbaum am Ende des Gartens, der schon über 40 Jahre alt war und dessen Zweige bis zum Boden hinunter reichten, reiften jedes Jahr zentnerweise dunkle, süße Kirschen. Sehr begehrt waren sie bei Freunden und Nachbarn. Es gab noch einen zweiten, kleineren Kirschbaum, dessen Früchte früher reif wurden, auch er hing voll süßer Früchte.

Pfirsiche, Sauerkirschen, gelbe und rote Pflaumen, lila Zwetschen und vor allem die wunderbaren Äpfel der alten Apfelsorten wie Cox Orange und Goldparmäne wollten geerntet und verarbeitet werden, .Der Eiserapfel, tief rot mit weißen Pünktchen war für uns der Weihnachtsapfel. Jedes Jahr kamen einige dieser schönen roten Äpfel blank und glänzend poliert auf die bunten Weihnachtsteller. Manchmal hingen sie auch rot und leuchtend am Weihnachtsbaum. Dann waren da noch die vielen Beeren: Erdbeeren, Himbeeren, rote und grüne Stachelbeeren, rote, weiße und schwarze Johannisbeeren und die Brombeeren an der großen Brombeerhecke am Eingang des Gartens. Alles reifte im Überfluss. Es war ein richtiger

Erntesegen, aber machte auch viel Arbeit, gerade weil alles fast gleichzeitig oder direkt nacheinander reifte. Alle verfügbaren Hände wurden dann zum Pflücken gebraucht. Der große Handwagen kam aus dem Keller. Nur er konnte diesen Erntesegen aufnehmen.

Zuhause saßen wir im Hausgarten, putzten das Gemüse, stribbelten die Johannesbeeren, entkernten die Sauerkirschen, paalten die Erbsen und Bohnen aus. Die Arbeit nahm kein Ende.

In der Sommerzeit herrschte meist große Hitze und dabei wurde dann eingekocht. Die Küche dampfte, die Hitze waberte durch das offene Küchenfenster, der Tisch bog sich unter Einmachgläsern, Saftflaschen und Bohnendosen. Das Pflücken im Garten war schön, aber die Verarbeitung der großen Ernte machte uns Kindern keinen Spaß. Allerdings im Winter, wenn die eingemachten Früchte und Säfte wieder auf den Tisch kamen, dann war die Freude groß.

Ein Fest für uns Kinder war es, wenn wir zum Garten mitkommen durften. Meine Cousine und ich, wir waren fast gleichaltrig, fingen schon am Anfang des Gartens, gleich nach der Eingangstür, an, alles, was reif war zu pflücken. Nicht in den Korb, sondern natürlich zuerst einmal in unseren Mund. So futterten wir uns durch den Garten. Mit den Brombeeren fingen wir an. Danach kamen die Erbsen. Eine Möhre wurde aus der Erde gezogen, mit dem Möhrengrün abgeputzt und gleich so geknabbert. Auf dem Weg ging es weiter zu den Stachelbeeren, an den Johannisbeeren entlang zu den Himbeeren.

Wenn meine Mutter nicht gleich am Anfang sagte, was wir NICHT essen dürften, weil sie es zum Einmachen pflücken wollte, waren alle Früchte aufgegessen, als wäre ein Heuschreckenschwarm über den Garten gezogen.

Einmal hatten wir uns so über die Erbsen hergemacht. Sie waren unsere Lieblinge, denn ganz frisch vom Strauch schmeckten sie einfach am besten. Bis zur letzten Schote waren sie alle von uns gepflückt und aufgegessen. Keine einzige blieb für die Aussaat im nächsten Jahr übrig. Das gab ein großes Donnerwetter.

In den damaligen Jahren war es üblich, das Gemüse durch Samen oder. übrige getrocknete Erbsen und Bohnen weiter zu vermehren. Auch von den Kartoffeln wurden jedes Mal einige für die Aussaat im nächsten Frühling zurückbehalten. Unserer guten alten Nachbarin taten wir gescholtenen Kinder leid und sie gab meiner Mutter von ihren Saaterbsen einige ab. Da sie die gleiche Sorte wie meine Mutter hatte, konnten im nächsten Frühjahr wieder schmackhafte Erbsen geerntet werden.

Nach dem Streifzug durch den Garten waren wir eigentlich schon satt, doch am Ende des Gartens lockte der große Kirschbaum. Für uns Kinder war er ein richtiger Kletterbaum. Es machte riesigen Spaß, den Stamm hoch und auf seine dicken Äste zu klettern. Am liebsten wollten wir die reifen schwarzen Kirschen pflücken, die an den Enden der Zweige wuchsen. Sie schmeckten am besten, waren aber schwierig zu erreichen. Meine Mutter traute uns zu, in dem Baum zu klettern. Sie sagte aber jedes Mal vorher ihr Sprüchlein:

„Wo du allein raufkletterst, musst du auch allein wieder herunterkommen". Dieses Motto hat mich mein Leben lang begleitet, auch im übertragenen Sinn: Also, „Was du dir zutraust, musst du auch allein bewältigen können, sonst überleg dir vorher, wie weit du gehen kannst." Das hat mir oft im Leben geholfen, die richtige Entscheidung zu treffen. Mich zu trauen etwas zu tun, aber auch nicht übermütig zu werden.

Wenn nach einiger Zeit der große Hunger gestillt war und in unsere Kindermägen nichts mehr hineinging, holten wir uns aus dem Gartenhaus, das wie verwunschen unter dem großen Kirschbaum stand, Liegestühle und setzten uns unter dem Pflaumenbaum auf den Rasen. Das war auch der Lieblingsplatz meiner Mutter. Wenn sie ihre Arbeit im Garten erledigt hatte, setzte sie sich noch eine Weile in ihren Liegestuhl unter den Pflaumenbaum. Von dort schaute sie über ihren Garten, sah, wie alles blühte, grünte und wuchs und war glücklich über die Ruhe und große Zufriedenheit, die der Garten ihr schenkte. Sie sagte immer:

„Ich brauche keinen Urlaub, keine Kur, ich habe doch meinen Garten".

Auch für uns Kinder war dieser Garten ein Paradies. Er versorgte uns in schwierigen Zeiten mit so vielem, was man für das Leben brauchte. Wir mussten nie hungern. Obst, Gemüse, Säfte, Kartoffeln gab es bei uns immer. Und es gab in vielen Jahren so einen großen Überschuss an Obst, dass auch noch Freunde und Nachbarn damit versorgt werden konnten.

Besonders schön waren die vielen Blumen: Im Frühling fing es an mit Schneeglöckchen, danach kamen die duftenden Veilchen, sogar gefüllte Veilchen wuchsen im Garten meiner Mutter. Bunte Primeln, gelbe Trollblumen, gelbe und weiße Margariten, blaue Vergissmeinnicht und bunte Akelei schufen ein farbenfrohes Bild. Im Sonner kamen Phlox, Goldrute, großer Garten-Mohn, gelbe, blaue und braune Schwertlilien und das Spargelgrün dazu. Die Spargelpflanze hatte ich als Kind im Wald entdeckt. Meine Mutter erkannte sie als Spargelpflanze, grub sie aus und pflanzte sie im Garten wieder ein. Sie wuchs dort viele Jahre und gab immer ein zartes Grün für die schönen Sträuße.

War es Herbst geworden, kam die Erntezeit der Pflaumen, Zwetschen und Äpfel. Wieder wurde der große Handwagen beladen.

Das Besondere im Herbst, wenn die Beete abgeerntet und die Nebel darüber hinzogen, war die Kartoffelernte. Oft war das Wetter garstig, feiner Regen nieselte auf die kalte Erde. Dann mochten wir es gar nicht, durchnässt und frierend auf der feuchten Erde kniend die Kartoffeln einzusammeln. Doch was danach kam, war für uns ein großer Spaß. Nachdem alle Kartoffeln eingesammelt waren, wurde das Kartoffelkraut und was sonst noch an brennbarem Material im Garten einzusammeln war, auf einen großen Haufen geschichtet und ein prasselndes, rauchendes Kartoffelfeuer angezündet. Begeistert liefen wir um das Feuer herum und schauten in die lodernden Flammen. Von den eingesammelten Kartoffeln warfen wir einige in die heiße Asche. Wenn das Feuer niedergebrannt war, wurden diese Kartoffeln aus der Asche gezogen. Weil sie noch sehr heiß waren, rollten wir sie zuerst in unseren kalten Händen, um diese zu wärmen. Dann brachen wir die schwarzgebrannten Knollen auf und aßen das gelbe und gar gebratene Innere. Das schmeckte hervorragend. Dieses fröhliche Kartoffelbraten war dann das Ende der Gartensaison. Mit dem großen Handwagen, in dem sich die vollen Kartoffelsäcke stapelten, wurde die reiche Kartoffelernte nachhause gefahren. Im

Keller in großen Hürden eingelagert, reichte sie für den ganzen Winter.

Wenn dann der Winter kam und es im Garten ruhig geworden und die meisten Beete abgeerntet waren, gab es doch immer noch etwas zu ernten. Der Grünkohl musste den ersten Frost über sich ergehen lassen, dann konnte er geerntet werden. Für uns ein besonders gutes Winteressen war Grünkohl mit Bregenwurst. Dazu wurde der Grünkohl vom oft tiefverschneiten Garten geholt. Meine Mutter bereitete ihn dann mit viel Liebe und Arbeit zu. Rosenkohl, Lauch und Feldsalat warteten auch noch darauf, geerntet zu werden. Im Frühjahr ging dann wieder die Arbeit des Umgrabens, Säen und Pflanzens los. So war der Garten im ganzen Jahreskreislauf ein guter Begleiter.

Erst als meine Mutter in die Mitte ihrer siebziger Jahre kam, gab sie den Garten schweren Herzens auf. Bis dahin hatte sie immer noch die Arbeit allein bewältigen können. Mein Vater half ihr zwar im Frühjahr beim Umgraben, aber sonst hatte er nicht viel Interesse an der Gartenarbeit. So war der Garten allein das Reich meiner Mutter.

Selbst mein Sohn hatte viel Freude, wenn es zu Omas Garten ging. Als der Garten dann von meiner Mutter aufgegeben war, malten mein Sohn und ich ein „Erinnerungs-Bild" vom Garten. Das Bild begann an der Eingangstür mit der großen Brombeerhecke. Danach zeigte es wie die einzelnen Beete angelegt waren und in welchen die verschiedenen Gemüse wuchsen, wo die Kartoffeln angebaut wurden und an welchen Stellen die großen Obstbäume standen, wo die Himbeeren und die anderen Beerensträucher gepflanzt waren und wo der große alte Kirschbaum die Gartenhütte unter sich wie ein Hexenhäuschen aussehen ließ. Auch die vielen Blumen des Gartens, die meine Mutter im Frühjahr, Sommer und Herbst zu wunderschönen Sträußen band und vielen Menschen damit eine große Freude bereitete, waren auf diesem Bild zu sehen. Dieses Bild hing noch viele Jahre in der Wohnung meiner Mutter und sie konnte immer mal wieder, wenn sie das Bild betrachtete, in ihrem Garten „spazieren gehen".

Drei Frauen –
ein Sommermärchen

An einem heißen Augustwochenende trafen sich drei Frauen. Die eine groß, mit dunklen Haaren, das war Paula. Die zweite, Rica, war blond und wohnte in einer Stadt, weit entfernt und die dritte mit den weißen Haaren, Marlen, lebte in einem Ort in der Nähe. Paula hatte Rica und Marlen zu einem Gartenfest eingeladen. Ihr großer Garten lag versteckt, mitten in den Kornfeldern. Gerade blühten im Garten die Sommerblumen. Rosen zeigten stolz ihre Blüten, weiße Margeriten und blaue Glockenblumen leuchteten aus dem Grün, Jasmin verströmte seinen süßen Duft. Es war eine Pracht.

Auf den Feldern rund um den Garten bewegte der Wind die Ähren wie ein wogendes gelbes Meer. Diese Zeit musste einfach ausgenutzt werden, um den Garten in seiner ganzen Schönheit zu genießen. So trafen sich die drei Freundinnen an einem Samstagnachmittag auf Paulas Terrasse und überlegten, wie sie am besten in den Garten kommen würden. Denn das Problem der Drei war, sie konnten alle nicht gut sehen und Paulas Mann, der sie sonst gerne hingefahren hätte, war gerade verreist. Nachdem sie einige Zeit hin- und her überlegt hatten, kam Paula eine Idee. Sie rief ein Taxiunternehmen an, besprach sehr bestimmt, wann und wohin das Taxi kommen sollte und wohin die Fahrt gehen würde. Das Fahrtziel war für den Taxifahrer etwas ungewöhnlich. Ob er den versteckten Garten in den Feldern finden würde? Doch Paula war sehr sicher, er würde es bestimmt schaffen.

Pünktlich um 17 Uhr stand das Taxi vor der Haustür. Fröhlich stiegen die drei Frauen ein und Paula erklärte dem Fahrer noch einmal ausführlich den Weg. Die Fahrt ging los und Paula lotste den Fahrer sicher durch die verwinkelten Feldwege bis kurz vor den Garten. Direkt bis an die Gartentüre konnte das Auto nicht fahren. Paula erklärte dem netten Fahrer dann noch den Rückweg. Vor allem, wie er die drei Frauen später in der Nacht, denn sie wollten ja einen langen Abend im Garten verbringen, hier am Garten wieder abholen sollte. Der Weg würde für den Fahrer nicht leicht zu finden sein. In dem Gewirr der Feldwege, in denen er sich nicht auskannte, genau diese Stelle zu finden, würde bei Nacht eine Herausforderung für ihn werden. Aber er sagte trotzdem zu. Dann bestand Paula noch darauf, er müsse mit seinem Taxi genau an einer bestimmten Stelle halten und die Scheinwerfer anlassen. Sie erklärte ihm, das wäre notwendig, weil die drei Frauen im Dunklen nichts sehen könnten. Alle wären also auf das Licht der Scheinwerfer angewiesen, um vom Gartentörchen bis zum Taxi eine Lichtspur zu haben, nach der sie gehen konnten, um das Taxi überhaupt zu finden. Ob das funktionieren würde? Marlen hatte da so ihre Zweifel. Doch Paula war sich vollkommen sicher. „Also es wird schon schiefgehen," dachte Marlen. „Zur Not bleiben wir im Garten bis der Morgen dämmert und finden dann selbst den Weg zurück. Wir sind doch zu dritt und mutig. Das schaffen wir schon."

Das Taxi fand den Weg und nach einer Weile standen die Frauen fröhlich lachend mitten in den Feldern vor dem Gartentörchen. Da war er, der wunderschöne Garten. Langgestreckt und voller Blüten öffnete er sich vor ihren Augen. Staunend betraten

Rica und Marlen hinter Paula den Gartenweg. Was gab es da nicht alles zu sehen.
Nicht nur die vielen blühenden Blumen und
Stauden, auch kleine Skulpturen tauchten
immer wieder am Wegrand auf. Kerzen in
Gläsern warteten darauf, in der Dunkelheit
ihr Licht zu verbreiten. Die kleinen Lampions in den Bäumen sahen wie bunte Blüten
aus. Überall gab es etwas zu entdecken. Entfernt lockte ein weißer Pavillon mit bunten
Kissen auf Stühlen und Liegen. Doch das
Beste war, ein Platz für ein Lagerfeuer und
rundherum Holzbänke, um nahe am Feuer
zu sitzen. Und, ein Stapel Holzscheite war
im gemauerten Kreis bereits aufgeschichtet
und wartete nur auf ein Streichholz, um die
Flammen züngeln zu lassen. Doch noch war
es hell und zuerst einmal wurde der Garten
ausgiebig besichtigt. Paula erklärte die einzelnen Pflanzen, die sie mit viel Mühe aber
auch sehr viel Liebe gesetzt hatte. Die Gartenarbeit machte ihr viel Spaß, lenkte davon
ab, dass sie nicht so gut sehen konnte und
gab ihr Selbstvertrauen. Denn wenn nach
der anstrengenden Arbeit hinterher die Blumen blühten, das Gemüse geerntet werden
konnte, war das doch eine Bestätigung ihrer

Mühe. Auch an weniger guten Tagen ging sie mit einem zufriedenen Gefühl nach-hause, wenn sie sehen konnte, wie gut alles wuchs und gedieh.

Inzwischen sank die Sonne im Westen tie-fer, färbte das gelbe Korn mit einem roten Schimmer. Die wenigen kleinen Wolken oben am Himmel glühten in feuerrotem Schein. Ein traumhafter Sonnenuntergang entwickelte sich. Still standen die Drei da und bewunderten dieses Naturerlebnis. Im-mer tiefer sank die Sonne. Halb war sie schon hinter den Kornfeldern versunken, da wurde der Himmel dunkelblau bis violett. Türkis schien durch orange angestrahlte Wolken und hoch über allem stand die blasse Mondsichel im Nachtblau. Dieser Sonnenuntergang prägte sich Marlen tief ein, sie dachte später noch oft daran.

Endlich war es Zeit, den Holzstapel für das Lagerfeuer anzuzünden. Paula hatte es oft bei ihrem Mann gesehen, Und so war es nicht schlimm, dass er an diesem Abend nicht da war. Paula traute sich zu, das Feuer allein zu entzünden und auch auf die hell auflodernden Flammen zu achten. Eine Fla-sche roter Wein kam auf einmal aus dem mitgebrachten Korb. Ein Baguette und Käse fanden sich auch darin. Einige Beeren aus dem Garten, ein paar frisch geerntete Radieschen passten gut dazu und so saßen die drei Frauen um das prasselnde Lagerfeuer und ließen sich dieses gute Abendessen schmecken.

„Es geht doch nichts über ein einfaches Essen mit Freunden unter freiem Himmel neben einem Lagerfeuer," schwärmten die Drei. Nachdem das Essen geschmeckt hatte, ließ der dunkle Wein in den Gläsern die Gespräche ruhiger werden, Jede sah ins Lagerfeuer und träumte so vor sich hin. Die Nacht war warm, die Grillen im Feld zirpten laut, die Funken sprühten und die Holzscheite knackten. Das war eine idyllische Stimmung für die sonst den Großstadtlärm gewohnten Frauen. Nach einiger Zeit, der Holzstapel war inzwischen weit hinuntergebrannt, meine Paula:

„Marlen kommst du mit, neues Holz zu holen?"

„Klar komme ich mit, ich weiß aber nicht, ob ich etwas finden werde. Du weißt doch, im Dunklen bin ich „ein Maulwurf", kann nichts sehen.

„Das macht gar nichts, komm einfach mit mir mit."

Paula nahm Marlens Hand, zog sie tiefer in den stockdunklen Garten hinein. Baumzweige wischten über ihre Haare, Büsche stellten sich ihnen in den Weg, Grasbuckel ließen sie immer wieder mal stolpern, sie lachten nur und suchten sich weiter den Weg durch die Dunkelheit. Fast wären sie dagegen gelaufen, plötzlich stand das kleine Häuschen, in dem die Holzscheite trocken lagerten, vor ihnen. Paula öffnete die Schiebetür und vor ihnen lagen bis zum Dach aufgestapelt, die Holzscheite. Paula fühlte, wo sie anfangen konnte, nahm einige Scheite heraus und legte sie Marlen auf die ausgestreckten Arme. Soviel sie beide tragen konnten, luden sie sich auf, dann ging der Weg zurück. Jetzt war es einfacher, der Feuerschein wies ihnen den Weg. Mancher Zweig eines Baumes oder Busches streifte wieder ihr Gesicht oder ihre Arme, doch das machte nichts, das gehörte eben dazu. Rica hatte inzwischen auf das Feuer aufgepasst, damit kein Funkenflug irgendetwas außerhalb des gemauerten Feuerplatzes entzünden konnte. So, Nachschub für das Feuer war nun genug vorhanden. Paula stellte leise Musik an ihrem kleinen Kofferradio an und die Stimmung wurde immer romantischer. Marlen dachte so bei sich:

„Wir drei Frauen hier ganz allein in den Feldern, ein leuchtendes Feuer würde man weit hin sehen, ob da nicht irgendjemand auf uns aufmerksam werden könnte, der es nicht gut mit uns meinte? Schließlich können wir drei nicht sehen, wenn sich jemand anschleicht. Und, durch die Felder fliehen? Vergiss es! Keine sieht doch etwas im Dunkeln!"

Doch diese Gedanken schwanden bald. Rica und Paula strahlten eine Sicherheit aus und der Abend war so wunderschön, die Stimmung überaus romantisch. Solch ein außergewöhnliches Erlebnis wollte Marlen nicht mit ängstlichen Gedanken zerstören. Noch lange Zeit genossen sie das Feuer, die warme Nacht, das Zirpen der Grillen und einfach einen traumhaften Abend.

Dann war das Feuer heruntergebrannt. Entfernt hatte eine Kirchturmuhr Mitternacht geschlagen. Der Rotwein war auch alle geworden und etwas schläfrig waren sie von den vielen Gesprächen, Gedanken und Erlebnissen inzwischen ebenfalls geworden.

Paula griff zu ihrem Handy, rief das Taxiunternehmen an und bestellte ein Taxi. Sie verlangte unbedingt den gleichen Fahrer wie auf der Hinfahrt, denn nur er allein wusste wo die drei zu finden waren. Sie löschten die letzte Glut des Feuers und bestreuten den Platz mit Sand, schließlich sollte dem Garten nichts passieren. Die Gläser und Teller verstauten sie wieder im Korb. Die vielen angezündeten und heruntergebrannten Kerzen an den Wegen und in den Lampions der Bäume wurden auch versorgt. Dann war alles in Ordnung gebracht und die drei Frauen konnten unbesorgt den Garten verlassen. Sie schlossen noch die Tür ab und nun stieg die Spannung. Würde der Taxifahrer den nicht einfachen Weg zwischen den Feldern wiederfinden? Würde er das Auto so stellen, dass die Scheinwerfer den Weg, den die Frauen bis zum Auto gehen mussten, genug ausleuchteten? Ohne dieses Licht würde es ziemlich schwierig werden, nicht in einem Feld oder einem Graben zu landen. Doch nach einigen Minuten der Spannung sahen sie zwischen den Feldern immer wieder ein Licht aufleuchten. Langsam kam es näher in ihre Richtung. Dann bog es noch einmal ab und das Auto stellte sich rückwärts zum Weg hin. Keine hellen Scheinwerfer erleuchteten den Weg, den sie gehen mussten. Doch auch die roten Rücklichter waren Lichtpunkte und gaben den Frauen die Richtung an, in die sie gehen mussten. Sie fassten sich an den Händen und gingen, die roten Lichter fest im Blick, durch die Dunkelheit den Weg zwischen den Feldern auf das Auto zu. Der nette Taxifahrer erwartete sie schon. Er hatte selbst Spaß an diesem kleinen Abenteuer. Er erzählte Ihnen, dass er sich direkt auf die Fahrt mit den drei Frauen gefreut habe, denn der Abend hatte ihm nur Fahrten mit unangenehmen Fahrgästen gebracht. Die ansteckenden, fröhlichen Gespräche mit den Frauen ließen ihn den Stress vergessen. Aufgeschlossen sprach er von seinen Erlebnissen mit den unterschiedlichen Fahrgästen. So war es auch für ihn ein erholsamer Abschluss seiner Fahrtzeit geworden.

Alle vier freuten sich, das Abenteuer überstanden zu haben. Der Taxifahrer, dass er den Weg über die Feldwege zu der bestimmten Stelle gefunden hatte und die drei Frauen, dass wirklich alles so geworden war, wie sie es sich überlegt hatten.

Einen traumhaften Abend hatten sie erlebt und nun fuhren sie sicher mit dem netten Fahrer durch die dunklen Felder zurück nach Haus.

Morgengrauen im Dschungel

Die Nebel über dem Fluss lichteten sich. Der Diener brachte die angezündeten Petroleumlampen und stellte sie auf die dafür vorgesehenen Halterungen an der Wand. Hier im Blockhaus gab es keinen Strom. Alles Licht kam von den Petroleumlampen, die abends für zwei Stunden angebracht und später wieder eingesammelt wurden. Danach war es finstere Nacht in der Hütte. Diese Hütte stand, wie das gesamte Blockhaus-Hotel auf einer Insel in einem breiten, schnellfließenden, jedoch nicht tiefen Fluss. Vom Ufer zur Insel führte eine Furt. Ein Land Rover konnte sie gut durchfahren. Vor zwei Tagen waren wir hier angekommen. Hier, das ist im Süden Nepals, im Terrai, mitten im Dschungel.

Graues Licht fiel an diesem Morgen durch die Jalousien. Noch war die Sonne nicht aufgegangen, da mussten wir bereits aufstehen. Schnell ein wenig kaltes Wasser ins Gesicht gespritzt, schon liefen wir aus unserem Blockhaus hinüber zum Platz vor dem

Haupthaus. Ein Tisch war aufgestellt. Einige Thermoskannen mit heißem Tee und eine Schale mit Keksen standen bereit. Der heiße Tee tat gut und weckte unsere Lebensgeister. Nach diesem spärlichen Imbiss gingen wir einen Weg entlang, der uns zur Elefantenstation führte. An diesem frühen Morgen war ein Ausritt auf Elefanten in den Dschungel geplant.

Von einem hohen Gerüst aus, kletterten wir in den Korb, den der Elefant auf dem Rücken trug. Rücken an Rücken mussten wir eng aneinander gelehnt sitzen, damit das Gewicht auf dem Elefantenrücken gut ausbalanciert war. Der Ausritt begann. Mit ruhigen langsamen Schritten, Fuß vor Fuß setzend, ging der Elefant los. Ganz gemächlich schritt er zum Fluss. Sehr langsam und vorsichtig setzte er einen Fuß auf das Ufer, versicherte sich, dass er an der Flussböschung Halt fand, dann tastete der andere Fuß nach einem guten Stand. So stieg er mit ruhigen, langsamen Schritten in den Fluss hinein, schritt durch ihn hindurch und am anderen Ufer wieder hinauf. Wir auf seinem Rücken wurden durchgerüttelt, schaukelten vor und zurück, waren aber immer sicher in unserem

Korb. Der Dschungel war erreicht und wir ritten hinein. Aufregend, in dieser so frühen Morgenstunde in die grüne Wildnis einzutauchen. Keiner sagte ein Wort. Schweigend erlebten wir die Ruhe ringsherum. Nur die Vögel zwitscherten und die Insekten summten. Manchmal brummte oder kollerte unser Elefant, wenn wir uns bewegt hatten und nicht mehr richtig auf seinem Rücken saßen. Für mich war es einmalig durch diese grandiose Landschaft auf dem Rücken eines Elefanten zu reiten. Ich genoss sehr diese einesteils wunderbare Stille, andererseits die vielen Naturstimmen rundherum. Ich gab mich ganz diesem besonderen Genuss hin. Auf einmal hörten wir von unserem „Mahut" ganz leise ein Kommando. Wir sollten jetzt sehr leise sein, keinen Laut von uns geben und uns nicht bewegen. Er hatte mit anderen Elefantenführern Kontakt und bekam die Nachricht, dass ein Nashorn mit seinem Jungen an einer Tränke gesichtet worden war. Ein sehr seltenes Ereignis! Sofort leiteten alle in der Nähe befindlichen Elefantenführer ihre Elefanten zu dieser Tränke. Auch unser Elefant brachte uns gleichmütigen Schrittes dorthin.

Am Rand der Tränke, in den hohen Gräsern, stand tatsächlich ein großes Nashorn.
Ruhig, doch witternd stand es da. Noch war
es nicht ganz aus dem Dickicht zur Tränke
herausgetreten. Es schaute und witterte nach
allen Seiten, dann setzte es sich langsam in
Bewegung, der massige Körper trat aus dem
Dickicht hervor und schritt zur Tränke. Immer wieder schaute es sich beobachtend um,
bevor es sich zum Wasser herunterbeugte.
Nur wenige Schlucke trank sie, denn es war
eine Nashornkuh, und zog sich wieder etwas
in die hohen Gräser zurück. Neben ihr in den
hohen Gräsern bewegte sich etwas und mit
kleinen schnellen Schritten kam ein Junges
daraus hervor. Die Nashorn-Mama witterte
jetzt unruhig, doch uns Menschen konnte sie
nicht wittern. Die Ausdünstungen der Elefanten waren vielfach stärker als die der
Menschen auf ihnen. So konnte sie nur die
Elefanten wittern. Aber sie blieb misstrau-
isch. Es waren ihr wohl zu viele Elefanten
auf einmal rund um sie und sie hatte ihr Junges zu beschützen. Das Junge schaute neugierig, ging zum Wasser und trank durstig.
Schnell lief es wieder zurück zur Nashorn-
Mama. Es rieb sich an dem großen Nashorn,

schaute zu ihr hoch wie um Erlaubnis fragend und drehte sich dann zu den Elefanten. Es wollte zu einem der Elefanten hinlaufen, doch das ließ die Mutter nicht zu, sofort zog sie es zurück. Lebhaft lief es hin und her und schaute lustig mal zum Teich, mal zu den Elefanten. Es hatte wohl seinen Spaß an dem Besuch in der frühen Morgenstunde.

Die Nashorn-Mama traute den Elefanten nicht so recht. Sie schaute immer wieder unruhig hin und her. Irgendetwas irritierte sie. Für uns, oben im Korb sitzend, war dieses Schauspiel einmalig. Gebannt und schweigend beobachteten wir aus unserem Korb heraus alles. Dieses so seltene und ungewöhnliche Ereignis bezauberte uns. Auf einmal hatte die Nashorn-Mama genug. Mit bestimmten Bewegungen schob sie ihr Junges zurück in das hohe Gras, schaute sich noch einmal zu den Elefanten um und verschwand im dichten Gebüsch. Vollkommen ruhig hatten die Elefanten diesem Schauspiel zugesehen. Sie waren es wohl gewohnt, dass sie, als die Größten und Stärksten hier im Dschungel respektiert wurden. Langsam drehten sie ihre großen Körper in die andere Richtung und mit ruhigen gemächlichen

Schritten, so wie sie gekommen waren, verließen sie die Tränke. Tief bewegt und sehr erfüllt von dem beeindruckenden Erlebnis ließen wir uns durch den erwachenden Dschungel führen. Die Geräusche um uns herum waren jetzt wesentlich lauter. Die ersten Sonnenstrahlen fielen durch die Bäume und so langsam begann es lebendiger zu werden im grünen Dickicht. Wir kamen nach längerem Schaukeln auf dem Elefanten und nochmal mit vorsichtigen Schritten durch den Fluss getragen, wieder an unserem Blockhaus an. Dieses so einmalige Erlebnis in diesen frühen Morgenstunden im Dschungel werde ich wohl nie vergessen.

Schönheit und Tod –
so nahe beieinander

Auf dem Weg durch die schmalen Gassen biegen wir um eine Straßenecke. Der Anblick, der sich uns bietet, ist bezaubernd. Die gesamte Straße hinunter sehen wir sehr hübsche, junge Frauen in leuchtend farbigen Saris. Ihre schwarzen Haare glänzen in der Sonne. Doch unser Blick wird magisch angezogen von den bunten Blumen, die vor jeder der Frauen stehen. Jede ist eine Blumenverkäuferin und vor ihnen stehen Gefäße mit Blumen in leuchtenden Farben. Blaue Kornblumen, rote, gelbe, weiße, lila Blumen, es gibt keine Farbe, die hier nicht zu sehen ist. Unbeschreiblich ist diese Farbenpracht. Dicht an dicht stehen diese wunderschönen Blüten in großen Wassergefäßen. Wenn Käufer einige Blüten ausgesucht haben, formen die Frauen aus großen, grünen Blättern, die sie mit einem Hölzchen zusammenstecken, kleine Schalen. Sie werden mit Wasser gefüllt und dahinein kommen die Blüten. Jede dieser Frauen ist für sich ein wunderschöner Anblick und ihr fröhliches Lächeln, lässt die

Blüten noch mehr strahlen. Bis hinunter zum Tempel leuchtet die Straße in dieser unglaublichen Farbenpracht. Viele Menschen sind auf dem Weg zum Tempel, kaufen Schalen mit den leuchtenden Blüten, um sie zum Tempel zu bringen. Dieser Tempel ist „Shiva", dem „Gott des Lebens", oder „allen Lebens" geweiht. Es ist eine der wichtigsten Tempelanlagen von Nepal. Heute ist wohl ein Feiertag, denn viele Menschen strömen mit ihren Blütenschalen in den Tempel. Neben „Shiva" wird hier „Lakshmi", die Göttin der Schönheit verehrt. Besonders Frauen suchen den Tempel dieser Göttin auf. Wir sind keine Hindus und dürfen deshalb nicht in die Tempel hinein. Nur vom äußeren Bezirk können wir einen Blick in die Tempelanlage werfen. Mir haben diese wunderschönen farbigen Blüten so sehr gefallen, so erwerbe auch ich eine Blätterschale mit leuchtenden Blüten. Ich wollte die Blüten im Tempel des Gottes „Shiva" ablegen. Doch da wir nicht hineindürfen, nehme ich mir vor, diese Blütenschale dem Fluss Bagmati, der hinter der Tempelanlage entlang fließt, mit auf seinen Weg zu geben.

Doch hinter dem Tempel der Schönheit öffnet sich uns ein völlig anderes Bild. Auf dem Weg zum Fluss sehen wir einen Trauerzug. Merkwürdige, klagende Musik hören wir im Näherkommen. Sehr ungewöhnlich klingt sie für unsere Ohren. Der Leichenzug zieht an uns vorbei. Menschen in weiße Gewänder gehüllt, Weiß ist hier die Farbe der Trauer, begleiten eine Leiche. Sie sitzt auf einem hohen hölzernen Stuhl und ist von Kopf bis Fuß mit weißen Tüchern verhüllt. Langsam geht der Trauerzug den Weg zum Flussufer. Auf einen vorbereiteten hohen Holzstapel wird der Stuhl gehoben. Der Trauerzug zieht mit der Musik einige Male um den Holzstapel herum. Die Menschen bleiben rund um den Holzstapel stehen, singen einige Lieder, dann ergreift ein Mann eine brennende Fackel und zündet den Holzstoß an.

Vom anderen Ufer des Flusses sehen wir der Zeremonie zu. Hier dürfen wir stehen, hier stören wir die Zeremonie nicht. Faszinierend und schaurig zugleich ist der Anblick, der sich uns bietet. Auf mehreren Podesten brennen weitere Feuer. Manche sind fast heruntergebrannt, auf manchen ist noch etwas wie ein formloser Körper auf den glühenden Holzscheiten zu sehen. Auf einem Begräbnispodest werden die übriggebliebenen Holzreste zusammengekehrt und in den Fluss geschoben. Der Anblick dieses Flusses lässt uns schaudern. Tiefschwarz ist er und völlig undurchsichtig, eine schwarze teerartige, träge Masse. Die viele Asche, die von den Verbrennungspodesten in den Fluss geschoben wird, hat den Fluss zu dieser schrecklichen, schwarzen Masse werden lassen. Einige Männer stehen im Fluss und suchen nach übrigen größeren Holzresten. Sie ziehen sie heraus, denn diese Holzreste werden erneut zum Verbrennen benutzt. Hindus glauben, wird ein Toter in Pashupatinath verbrannt, hat er eine bessere Chance auf eine gute Wiedergeburt.

Das Haus auf der gegenüberliegenden Seite des Ufers, auf das wir sehen können, ist ein „Hospiz". Dorthin bringt man totkranke Hindus, damit sie näher an der Begräbnisstätte sind. Aus diesem Haus werden sie nur durch eine Tür wieder herauskommen, die zum Flussufer führt, zur Begräbnisstätte. Obwohl diese Stätte für Hindus so heilig ist, ist ihr Anblick für uns erschreckend. Die gesamte Anlage, die Häuser, das gemauerte Ufer mit den Podesten, auf denen die Verbrennungen stattfinden, alles ist grauschwarz. Am schlimmsten ist der Fluss, der in seiner Schwärze und Undurchdringlichkeit wie eine zähe Masse dahinzieht. Meine leuchtenden Blüten, die ich dem Fluss mitgeben wollte, habe ich noch immer in der Hand. Unter keinen Umständen kann ich diese lebendige, leuchtende Pracht diesem schrecklich schwarzen Gewässer mitgeben. Es wäre für mich ein Sakrileg an der Schönheit der Blüten. Ich werde die Schale an einem der vielen „Baum-Heiligtümer", die überall zu finden sind, niederlegen. Und das tue ich auch. Unter das bunte Bild eines der vielen Hindu-Götter, das in die offene Höhle eines großen, alten Baumes gestellt ist, finden die bunten Blüten einen guten Platz. Hier zeigen sie allen, die an ihnen vorbeigehen, ihre leuchtende Schönheit.

Morgenspaziergang am Strand

Die Morgensonne scheint hell in mein Fenster und weckt mich. Es ist noch sehr früh, doch ich stehe schnell auf, ziehe mir bequeme Kleidung an und dann nichts wie hinaus in die Morgenfrühe. Ich gehe durch die Anlage. Es ist noch ruhig, die meisten schlafen noch. Über allem liegt der betörende Duft der blühenden Heckenrosen. Ein Vogel zwitschert sein Morgenlied, der Dünen-Kuckuck ruft in der Ferne. Über die Treppen steige ich hinauf auf die Düne. Oben angelangt, schaue ich auf die weite blaue Wasserfläche, die vor mir zu sehen ist. Ruhig rollen die Wellen heran und laufen mit kleinen Schaumkronen am Strand aus. Ich genieße die warmen Strahlen der Morgensonne auf meinem Rücken, blicke den menschenleeren Strand entlang nach Süden und Norden, schließe die Augen und spüre den Wind durch meine Haare wehen. Stundenlang könnte ich hier oben auf der Brücke stehen und den Wind und die Sonne genießen. Doch der Strand zieht mich. Langsam laufe ich die Treppe hinunter. Barfuß betrete ich den noch kühlen Sand. Es ist ein schönes Gefühl, den lockeren Sand zwischen den Zehen zu spüren. Ich laufe hinunter bis zum Wasser. Dicht am Flut-Saum wende ich mich nach Norden. Durch das ablaufende Wasser ist hier der Sand fest wie Beton und es lässt sich wunderbar auf ihm gehen. Zügig laufe ich los. Ich bin allein an diesem weiten, breiten Strand. Die Sonne scheint über die Dünen. Das Meer rollt mit nie müde werdenden Wellen immer mal wieder über meine Füße. Ich laufe und laufe in meine Gedanken versunken, schaue aufs Meer und laufe weit am Strand entlang nach Norden. Diese grenzenlose Weite des Meeres, der völlig leere Strand, der Sand unter meinen Füßen, die Schreie der Möwen über mir, der Wind auf meinem Gesicht, den Blick in die Ferne gerichtet, das ist für mich die große Freiheit. Hier kann ich ohne mich konzentrieren und anstrengen zu müssen einfach nur laufen. Meine Sehbehinderung macht mir hier keine Probleme. Ich fühle mich entspannt und kann ohne Weiteres schnell ausschreiten.

Einige Meter vor mir sehe ich etwas Dunkles aus dem Sand herausragen. Meine

Neugier ist geweckt, ich laufe darauf zu. Es sind Pfähle aus Holz.in zwei Reihen ins Meer gebaut. Sehr bizarr sehen sie aus. Ich gehe von einem zum anderen. Zum Teil sind sie verkrustet und haben vom Salz des Meeres Muster angesetzt. Muscheln haben sich verzierend an ihnen festgeklammert. Ein Holzpfahl sieht auf seiner eingekerbten Oberfläche aus wie ein Seestern. Andere sind schon etwas gespalten. Manch einer ragt nur noch zur Hälfte aus dem Sand und mancher zeigt sich noch in voller Höhe. Um einige von ihnen strudelt das Wasser und hat tiefe Löcher um sie herum gegraben. Ich versinke darin bis zum Knie und muss aufpassen. Eine ganze Weile gehe ich zwischen den skurrilen hölzernen Pfählen hin und her und bewundere ihre interessanten Erscheinungen. Dann treibt es mich weiter. Es ist so schön an diesem Morgen hier am Meer auf dem breiten Sand völlig allein, mal schnell oder mal langsam und einfach nur beobachtend zu laufen. Weit entfernt am Fuß einer Düne sehe ich einen Mann Yogaübungen machen. Ist das der Sonnengruß, den er da übt? Auch das muss schön sein, mit Blick auf das Meer Yoga zu üben, vom Wind umweht, von der Sonne bestrahlt und die Einsamkeit des weiten, breiten Strandes um sich herum zu spüren. Das ist Meditation pur.

Weiter zieht mich mein Weg am Strand entlang. In einiger Entfernung im Norden sehe ich etwas Merkwürdiges auf dem Sand. Noch kann ich es nicht erkennen. Doch es interessiert mich und ich laufe schneller. Im Näherkommen sehe ich zwei Masten schief über den Sand ragen. Fast sieht es aus, als wäre ein Boot auf dem Sand gestrandet. Tatsächlich, es ist ein Segelboot und es liegt seitlich auf dem Strand. Ist es bei Flut aufgelaufen? Hat sich der Skipper verfahren und ist gestrandet? Still ist es am Boot, kein Mensch ist zu sehen. Ich laufe um das Boot herum, sehe es mir von allen Seiten an. Verlassen liegt es hier. Wem mag es gehören? Das werde ich wohl nie erfahren.

So langsam wird es Zeit für den Rückweg. Ich habe unterwegs gar nicht auf die Uhr geschaut und wundere mich jetzt, dass bereits so viel Zeit vergangen ist. Der Strand, das Meer, die Weite und die Sonne haben mich zu einem viel längeren Spaziergang verführt, als ich eigentlich vorhatte. So langsam meldet sich mein Hungergefühl, denn ich bin schon vor dem Frühstück losgelaufen und jetzt sind fast zwei Stunden vergangen. Der Rückweg ist noch einmal so lang. Der Blick in die jetzt südliche Richtung zieht wieder alle meine Aufmerksamkeit auf sich. Eine neue Blickrichtung tut sich auf und schon sieht alles wieder anders aus. Jetzt fallen mir viel mehr die bewachsenen Dünenhügel in ihrer immer wieder unterschiedlichen Form auf. Das Wasser ist inzwischen weiter auf den Strand aufgelaufen, meine Fußstapfen sind bereits überspült und nicht mehr zu sehen. Leider ist der feste Sandboden ebenfalls vom Wasser überspült und der Sand, auf dem ich nun gehe, ist lockerer, meine Füße sinken immer wieder ein. Das macht das Gehen anstrengender und ich wünsche mir jetzt, doch nicht so weit gelaufen zu sein. Aber es macht trotz anstrengenden Gehens doch noch viel Freude an diesem Morgen hier unbeschwert meine „Freiheit" zu genießen. Ja, hier am Strand auf dem breiten Sand morgens, wenn noch kaum jemand hier ist, zu laufen. Das ist für mich „Freiheit". Ich brauche mit meinem Tunnelblick überhaupt nicht aufzupassen, kann einfach so entlanglaufen oder schlendern, stehen bleiben, schöne Muscheln oder Steine sammeln und so ganz in meinem eigenen Rhythmus laufen und die Welt um mich herum genießen.

So einen Strandspaziergang, eigentlich schon eine Wanderung, werde ich ab jetzt jeden Morgen machen. Das tut mir sehr gut und ich komme mit gutem Appetit zum Frühstück zurück.

Stürmischer Strandspaziergang

Auch an diesem Morgen breche ich zu meinem täglichen Spaziergang am Strand auf. Heute scheint die Sonne schon am frühen Morgen etwas grell und weiß. Als ich die Brücke zum Strand hinuntergehe, haben die Wellen auf dem Meer weiße Schaumkronen. Kraftvoll und schäumend rollt das Wasser an den Strand und viel weiter auf den Sand hinauf. Mit einigen hellen Wölkchen ist der Himmel heute überzogen und der Wind bläst stärker als an den anderen Tagen.

Ich bin froh, wieder allein am Meer zu sein, auf meinen Weg nach Norden. Hier kommt mir kaum Jemand entgegen und der Strand gehört mir allein. Viel Freude macht es mir, den breiten, hellen Sandstrand ganz für mich allein zu haben. Auf keine Hindernisse, nur auf die Buhnen, die mal zur Befestigung des Strandes in den Sand versenkt wurden, muss ich aufpassen. Ich kann einfach so vor mich hin schlendern, Muscheln suchen, schöne, glattgeschliffene Steine finden und in den Morgen gehen. Ich kenne den Weg nun schon seit einigen Tagen. Jeden Morgen hat mir dieser Spaziergang am Wasser entlang noch vor dem Frühstück unglaublich gutgetan. Es ist, als gehöre die Welt mir allein. Ich schaue auf das Meer und beobachte die schäumenden, schnell heranrollenden Wellen. Immer wieder anders ist ihr Spiel. Sehr interessant sieht es aus, wenn sie sich am Strand überrollen. Richtig spannend, wenn von der südlichen Seite eine lange Dünung angelaufen kommt und von der nördlichen Seite ebenfalls und sie sich mittendrin überrollen. Welche Seite schafft es, höher als die andere zu sein. Das Spiel ändert sich stetig. Heute sind meine Blicke davon so angezogen, ich schaue kaum in die Weite.

Auf einmal bemerke ich, die Sonne wird fahler und scheint nicht mehr so grell und so stark wie noch beim Beginn meines Spaziergangs. Der Wind ist auch stärker geworden und zerrt und zaust an meinen Haaren. Ich finde es schön, so vom Wind durchgepustet zu werden. Es ist erfrischend und weckt die Lebensgeister am frühen Morgen.

Heute habe ich Gummistiefel angezogen. Am Tag zuvor waren mir der Sand und das

Wasser kälter vorgekommen. Ich bin froh, meine Füße sind schön warm in den Stiefeln und ich bekomme heute, wo das Wasser immer wieder unvorhergesehen weit auf den Sand aufläuft, keine nassen und kalten Füße. Auf einmal ist die Sonne weg. Nach Süden zurückschauend sehe ich, da hat sich eine dunkle Wolkenwand aufgebaut. Das hatte ich bisher nicht mitbekommen. Es sieht aus, als wenn ein Regenband auf die Insel zukommt. Gottseidank habe ich meine Regenjacke und Regenhose an. So kann mir nichts passieren. Denke ich noch ….

Dann ist der Wind zum Sturm geworden. Die Regenwand kommt sehr schnell näher. Jetzt hat sie den Strand erreicht. Wie eine Wasserwand prasseln dicke Tropfen auf mich nieder. Starker Wind treibt sie fast waagerecht auf mich zu. Im Nu kann ich durch meine Brille nichts mehr sehen. Das Wasser läuft wie ein Wasserfall an den Gläsern herunter. Doch am schlimmsten ist, der Wind bläst so stark, er treibt den Regen sogar unter meine Kapuze und im Nu ist mein Kopf unter der Kapuze klatschnass. Der Regenschleier ist so dicht, ich sehe nicht mal mehr die Dünen, nur noch Sand um mich herum.

Der Sand wird vom Wind waagerecht auf mich zugetrieben. Sandkörner prasseln auf mein Gesicht wie ein Sandstrahlgebläse. Ein natürliches Peeling, ungewollt!

Das Meer rauscht stark an einer Seite, sehen kann ich es nicht mehr. Nur durch das Rauschen kann ich mich noch orientieren. Hoffentlich laufe ich nicht an der Treppe, die über die Düne in meine Anlage führt, vorbei. Jetzt ist es entsetzlich. Wasser überschüttet mich, starker Wind bläst gegen mich. So anstrengend ist es, gegen den Wind anzukämpfen. Und immer in der Furcht, vorbeizulaufen und unendlich weiter den Strand hinunterlaufen zu müssen. Der nächste Strandaufgang, wenn ich den überhaupt finden kann, liegt noch weit voraus. Zu weit.

Auf einmal taucht vor meinen regenblinden Augen ein hohes, hölzernes Gebilde auf. Dicke Balken ragen in die Höhe. Fast wäre ich dagegen gelaufen. Welch ein Glück, es ist die Station der Rettungsschwimmer vom DLRG. Hinter den dicken Balken verstecke ich mich und kann endlich meine Brillengläser vom Regen befreien, damit ich wieder etwas sehen kann. Ich weiß, diese Rettungsstation ist nicht allzu weit von der Treppe, die in die Anlage führt und die ich suche, entfernt. Aufatmend bleibe ich hier stehen. Der Regen strömt zwar immer noch herunter, doch ich habe Schutz vor dem Sturm und dem treibenden Sand. Ich kann wenigstens wieder sehen und mich orientieren. Das Meer vor mir schäumt richtig wütend und die Brecher schlagen wild einer nach dem anderen sich überschlagend an den Strand. Kein Mensch ist bei diesem Wetter am Strand. Nur ich.

Für ein nächstes Mal merke ich mir, bei Beginn des Strandspazierganges auch zurück zu schauen, damit mir nicht entgeht, wenn ein Wetter aufzieht. Hier an der See kann das sehr schnell gehen und man sollte sich schleunigst in Sicherheit bringen, oder es eben „aussitzen" und nass werden.

Nach einiger Zeit hört der Regen auf, der Wind bläst noch immer stark. Einige Meter muss ich noch gehen, dann finde ich die Treppe, die über die Düne in die Anlage führt. Schnell laufe ich zu meiner Unterkunft. Eine heiße Dusche wird mir jetzt guttun, dann noch ein heißer Kaffee und ein gutes Frühstück und der Tag ist wieder hell.

Dattelfest in der Wüste

Der Tag war heiß, die Straße staubig. Aus den Bergen kommend, rollte der Bus in das kleine Dorf hinunter. Der große ummauerte Platz in der Dorfmitte war voller Menschen, denn heute fand hier das jährliche „Dattelfest" statt. Die Dattelernte war gerade vorbei. Viele Männer in langen Gewändern und geschlungenen Tüchern auf dem Kopf standen hinter ihren Ständen und boten Datteln an. Nichts als Datteln. In allen Qualitäten und Reifestufen. Hier sah man Kisten mit getrockneten Datteln, die unterwegs in der Wüste als vollwertige Nahrung verzehrt werden konnten. Andere, die nur für das Vieh gedacht waren. Besonders fielen uns die Äste mit vielen dünnen Zweigen auf, die dicht voller Datteln hingen. Da ich Datteln sehr gern mag, fragte ich, sehr naiv: „Wo finde ich denn kandierte Datteln?" Unverständnis in den Gesichtern um mich herum. Was ich wohl meinte, fragten die Händler. Ich erklärte, die Datteln, die ich meinte, sähen schrumpelig aus und wären sehr süß. Noch andere Männer wurden hinzu gerufen. Doch auch die zuckten mit den Schultern. Keiner verstand, was ich meinte. Ich, als nicht wissende Europäerin dachte, die süßen Datteln, die ich daheim im Geschäft kaufen konnte, wären kandiert, weil sie so schrumpelig und süß waren. Die Händler schüttelten die Köpfe. Dann griff unser Reiseleiter ein und erklärte mir:

„Datteln reifen nacheinander direkt am Zweig. Es gibt unreife, gerade reif gewordene und auch die vollreifen, schrumpeligen, süßen Datteln, alle an einem gemeinsamen Zweig." Er zeigte mir einen großen, vielverzweigten Ast, an dem die unterschiedlichsten Datteln hingen. Jeden Tag würden einige Datteln reif. Ich könnte den Zweig zuhause aufhängen und täglich frische Datteln ernten. Ich staunte, wie wunderbar und unglaublich. Sofort erstand ich den großen Zweig. Natürlich musste um den Preis gehandelt werden. Der Händler hätte sonst sein „Gesicht verloren". Das hatte ich beim Besuch der großen Basare in Marrakesch und Fez bereits gelernt. Nach einem Rundgang über den exotischen Dattelmarkt mit seinen vielfältigen Angeboten und interessanten Eindrücken verließen wir den Marktplatz und das kleine Dorf.

Unser Reiseleiter drängte. Wir müssten uns beeilen, er wollte uns etwas ganz Besonderes zeigen und dafür würden wir noch eine Strecke in die Wüste fahren. Am Rand der Hamada angekommen, stiegen wir vom Bus in Jeeps um und die fröhlichen Fahrer fuhren mit uns direkt in die Wüste hinein. Zuerst war ich enttäuscht. Keine Sanddünen, nur Steine in allen möglichen Größen. Es rumpelte und schaukelte. Fast könnte man seekrank werden. Man erklärte uns, das sei die „Hamada" die Steinwüste. Es gäbe nicht nur Sandwüste, sondern der größte Teil der Wüste hier bestände aus dieser Steinwüste. Die Jeeps konnten auf dieser flachen Ebene ordentlich los „brettern". Die jungen Fahrer hatten ihren Spaß daran. Nach einiger Zeit kamen die Dünen in Sicht. Prachtvoll und großartig lagen sie vor uns. Wie Meereswellen aus Sand. Dunkelorange war ihre Farbe. Am Fuß dieser Dünen stiegen wir aus. Unsere Schuhe und Strümpfe sollten wir ausziehen, am Fuß der Dünen liegen lassen und barfuß weiter gehen. Sehr ungewöhnlich für uns und unsere ungläubigen Gesichter sprachen Bände. Anfangs wollten wir uns nicht darauf einlassen. Doch der Reiseführer bestand darauf und erklärte uns auch warum. Bei den nächsten Schritten im Sand merkten wir sehr schnell selbst wieviel leichter das Gehen barfuß im Sand war.

Die erste Sanddüne wurde erklommen. Das Vorwärtskommen war nicht einfach. Es ging meistens zwei Schritte vor und einen zurück gerutscht in dem lockeren Sand. Oben auf einer Dünenspitze angekommen, ging der Weg wieder hinunter in ein Dünen Tal. Eine Düne nach der anderen, jede immer höher als die vorherige musste bewältigt werden. Mühsam und anstrengend war es. Doch das Schwerste kam erst noch, denn vor uns ragte eine sehr hohe Düne auf. Die sollten wir erklimmen, und zwar so schnell wie möglich. Auf der Spitze würden wir den wunderbaren Sonnenuntergang über den Sanddünen erleben können und die Sonne war schon langsam am Untergehen. Also nochmal alle Kräfte mobilisiert und die Besteigung in Angriff genommen. Das war wirklich schwer. An diesem steilen Hang sanken unsere Füße tiefer ein und wir rutschten bei jedem Schritt noch weiter zurück. Jetzt wurde uns sehr deutlich, dass dieser Aufstieg mit Schuhen kaum möglich gewesen wäre. Mit Schuhen voller Sand wären wir kaum vorwärtsgekommen. Meine Befürchtung, irgendwo könnte ein Skorpion hausen und seinen Stachel aus dem Sand stechen, schluckte ich schnell runter. Daran durfte ich nicht denken, sonst wäre ich nicht weitergekommen. In der Mitte dieses steilen Aufstiegs angekommen, konnte ich einfach nicht mehr. Dieses immer wieder zurückrutschen war zu anstrengend.

„Pfeif auf den Sonnenuntergang", dachte ich mir. Doch da kam Rettung von oben. Auf der Düne standen einige Beduinen, die uns beobachtet hatten. Mit gleichmäßigen Schritten kam ein Mann herunter, er war das Gehen im Sand eben gewohnt, nahm meine Hand und half mir die Steigung zu bewältigen. Oben angekommen konnte ich nur staunen. Schweigend standen wir alle auf dem Gipfel dieser hohen Düne. Ein großes „Dünen-Meer" lag unter uns. Die Sonne stand schon tief. Sie ließ den Sand fast dunkelrot erscheinen. Die Täler lagen in schwarzen Schatten und am Horizont der glühende Sonnenball, schon halb untergegangen, bestrahlte alles.

Ein unglaubliches Farbenspiel für unsere Augen. Schweigend nahmen wir diese Schönheit in uns auf. Dann war das Spektakel vorbei, die Sonne untergegangen und schnell kam die Dunkelheit. Unser Reiseleiter trieb uns hinunter. Wir mussten noch die vielen kleineren Dünen überwinden, bis wir wieder am Fuß der Sanddünen angekommen waren. Dort m Dunklen die eigenen Schuhe wieder zu finden, war schwierig. Doch mit Hilfe der fröhlichen Jeep Fahrer fand jeder die richtigen Schuhe. Als wir in die Jeeps einstiegen war es bereits dunkle Nacht. Hier gibt es keine Dämmerung, die Sonne sinkt und die Dunkelheit ist da.

Eine Strecke waren wir bereits gefahren, da tauchte auf einmal seitlich vor uns ein großes helles Licht auf. Es war der Mond. Ebenerdig, direkt neben uns ging er riesengroß auf. Wir fuhren fast hinein in die riesige helle Mondscheibe. Ein unglaublicher Anblick! So etwas hatte ich noch nie gesehen. Gebannt und staunend konnten wir den Blick dieser ungewöhnlichen Erscheinung nicht abwenden. Für unsere fröhlichen Jeep Fahrer war das ein alltäglicher Anblick. Deshalb beschlossen sie, auf der „Hamada" ein

Wettrennen zu veranstalten. Alle Jeeps bretterten auf dieser Steinwüste mit vollem Tempo los. Wir Mitfahrer wurden ordentlich durchgeschüttelt. Doch was soll es. Jeder sollte heute, an so einem ereignisreichen Tag, seinen Spaß haben. In tiefdunkler Nacht kamen wir in unserer Unterkunft am Rande der Sahara-Wüste wohlbehalten wieder an.

Nacht in der Wüste

Noch glühte die Abendsonne goldrot über der Steinwüste. Doch die Hügel der nahen Sanddünen warfen bereits schwarze Schatten. Der Jeep raste mit hoher Geschwindigkeit über die Steine der Hamada. Die vier Personen im Inneren wurden stark durchgeschüttelt. Der Fahrer und der Mann neben ihm amüsierten sich über die zwei Frauen, die auf der Rückbank hin und her geschleudert wurden. Sie beruhigten die beiden, denn die holprige Fahrt würde bald überstanden sein. Am Horizont im Osten war bereits die Oase mit hohen Palmen und flachen weißen Häusern zu sehen. Nach einiger Zeit erreichten sie ihr Ziel. Scharf bremste der Fahrer den Jeep kurz vor einer hohen Dattelpalme ab, neben der ein weißes, würfelförmiges Haus stand. Durchgeschüttelt stiegen die Vier aus. Die beiden Frauen holten tief Luft. Endlich hatten sie wieder festen Boden unter den Füßen, doch ihre Beine zitterten noch von dem Gerüttel und Geschüttel der Fahrt. Ein hohes Tor schloss das Haus nach außen hin ab. Man hatte sie bereits gehört und ein in eine weiße Dschellaba gekleideter Mann öffnete das Tor und hieß sie mit einem freundlichen Lächeln willkommen. Gespannt, was sie wohl hinter dem Tor erwartete, traten die Vier durch das Tor. Vor ihnen lag ein großer, langgestreckter Garten mit hohen Palmen und blühenden Büschen, deren leuchtend rote und weiße Blüten einen intensiven Duft verströmten. Ein längliches Wasserbecken war in der Mitte des Gartens zu sehen. Zwischen den Wasserlilien spiegelten sich die inzwischen aufgegangenen Sterne. Schnell war die Dunkelheit hereingebrochen und es war Nacht geworden. Sehr dunkle Nacht hier in der Wüste, wo kein Lampenlicht die Dunkelheit störte. Rechts und links vom Tor schlossen sich weiß gestrichene flache Häuser an und bildeten ein Rechteck um den Garten. Zur Wüste hin waren die Außenwände fensterlos. Türen und Fenster gab es nur zum inneren Bereich. Am Ende des Gartens lag das Haupthaus, höher gebaut als die seitlichen Häuser, mit einer großen Terrasse. In den bequemen Korbsesseln an den Tischen saßen bereits einige Gäste lachend und schwatzend. In den

Bäumen und Büschen schimmerten bunte Laternen und warfen ihr Licht in den Garten und über das Wasser. Auf schmalen Wegen wurden die Vier zur Terrasse geleitet und bekamen einen Tisch nahe der Wasserfläche angeboten. Erstaunt und noch immer überrascht schauten sich die beiden Frauen in diesem wunderbaren Garten um. So etwas hatten sie mitten in der Wüste nicht erwartet. Die Hitze des Tages war in diesem, durch die Häuser ringsum abgeschirmten Garten, noch ein wenig zu spüren. Vom samtschwarzen Nachthimmel leuchtete die runde Scheibe des Mondes und sein Licht spiegelte sich auf dem dunklen Wasser.

„Wie romantisch es hier ist," schwärmte die blonde Frau. Die Dunkelhaarige stimmte ihr zu und schaute sich begeistert immer wieder um.

„Haben wir euch zu viel versprochen?" fragte der Fahrer.

„Absolut nicht, das hier ist ein Traum. So etwas hätte ich hier in der Wüste nie erwartet. Wenn auch die Fahrt hierher ziemlich anstrengend war." Die dunkelhaarige Frau sah lächelnd den zweiten Mann an.

„Wir werden erst morgen weiterfahren. Für heute haben wir hier noch Zimmer bekommen." Erleichtert atmeten die beiden Frauen auf. In der Nacht noch durch die Wüste zu fahren, hätte ihnen absolut nicht gefallen. So ließen sie sich entspannt in ihre Korbsessel zurücksinken. Nach einigen Minuten begann das Abendessen. Immer wieder wurden neue Schüsselchen und Teller mit unbekannten, köstlichen, orientalischen Kleinigkeiten serviert.

„Puh, jetzt kann ich aber nichts mehr essen, sonst platze ich," stöhnte die blonde Frau. Doch da war das Essen auch schon zu Ende. Die Kellner in ihren langen weißen Gewändern räumten die Tische ab und servierten bunte Cocktails mit exotischen Früchten.

Auf einmal erklang Musik. Doch Musiker waren nirgends zu sehen. Versteckt aus den Büschen und hinter den Palmen erklang die Musik. Eine unbekannte, merkwürdige Musik, auf ungewohnten Instrumenten gespielt, zur Wüste gehörend. Es war, als hörte man den Wind über den Sand wehen und die Sandkörner rieseln. Dann wieder war es, als wäre die Hitze der brennenden Sonne auf der Haut zu spüren, das langsame gleichmäßige Schreiten der Kamele, die Schwermut eines Abends, einer Nacht am lodernden Feuer vor dem schwarzen Zelt. Die Musik berührte alle, die ihr lauschten. Sie ging unter die Haut. Unbewusst bewegten sich die Gäste in ihren Korbsesseln, wippten mit den Füßen und nickten mit den Köpfen. Die ersten hielt es nicht mehr in ihren Sesseln, sie standen auf und gingen zu der freien Fläche, die wohl als Tanzfläche gedacht war. Immer mehr fanden den Weg dorthin. Die Musik zog alle in ihren Bann. Keiner konnte sich diesen eindringlichen, tief berührenden Tönen entziehen. Der betäubende Duft der Blüten verstärkte noch die Wirkung der Töne.

Wie im Rausch ließen die hellen Flöten und die tiefen dunklen Töne Arme, Beine, den ganzen Körper vibrieren. Trommeln schlugen einen Rhythmus, mal eindringlich langsam, mal wirbelnd schnell und die Tanzenden verloren sich in diesem magischen Rhythmus. Arme reckten sich gegen den dunklen Nachthimmel. Immer tiefer drang die Musik in die Tänzer ein. Wie im Rausch ließen die hellen Flöten und die tiefen dunklen Töne Arme, Beine, den ganzen Körper vibrieren. Die Trommeln schlugen den Rhythmus, mal eindringlich langsam, mal wirbelnd schnell und die Tanzenden verloren sich in diesem magischen Rhythmus. Arme reckten sich gegen den dunklen Nachthimmel. Immer tiefer drang die Musik in die Tänzer ein. Gedanken schalteten sich ab. Die ungewöhnlichen Töne rissen sie mit. Köpfe nickten, Arme und Beine bewegten sich mal langsam und träumerisch, dann wieder schnell und rhythmisch. Lauter, schriller, aufpeitschender, schneller, immer schneller, immer eindringlicher wurde die Musik. Wild drehten sich die Menschen auf der Tanzfläche, warfen die Köpfe in den Nacken, leise Schreie ertönten. Immer wilder trieb die Musik die Tanzenden an. Immer ekstatischer wurden die Zuckungen, die Drehungen. Arme flogen nach allen Seiten. Beine wirbelten, Füße stampften. Die langen Haare der Frauen wirbelten um ihre Köpfe, verdeckten die Gesichter, flogen in Kreisen um sie herum. Sie merkten es nicht. Die Musik peitschte sie weiter an. Schneller und noch wilder, wurden die Bewegungen, noch ekstatischer zuckten die Tanzenden in dem wilden Rhythmus. Das Stampfen der Füße dröhnte laut, noch lauter schrillten die Flöten, schlugen die Trommeln, wie in Trance wirbelten die Menschen zu dieser durchdringenden, aufpeitschenden Musik. Nichts um sich herum mehr wahrnehmend. Der Boden der Tanzfläche hob und senkte sich.

Der Vollmond über ihnen schaute dem Treiben kalt zu.

Plötzlich setzte die Musik aus. In ihren Bewegungen erstarrt blieben die Tanzenden stehen. Nach einigen Augenblicken schüttelten sich die ersten, tauchten langsam, ganz langsam aus ihrer Trance auf. Suchend sahen sie rund um sich, kamen nur unwillig in die Wirklichkeit zurück. Ungläubig schauten sie sich an, lächelten zögerlich. Dann tönte immer mehr befreiendes Lachen über die Tanzfläche. Manche fassten sich an den Händen, andere schüttelten die Köpfe, alle redeten aufeinander ei. Sie konnten nicht glauben, dass eine Musik sie in einen solchen Rausch versetzen konnte. So sehr, dass sie alles ringsum vergessen hatten, sich nur noch drehen, tanzen, der Musik hingeben wollten. Eine so unglaubliche Musik, so mitreißend, so tief eindringend, so etwas hatten sie noch niemals erlebt. In dieser warmen Nacht, unter Millionen schimmernder Sterne, in diesem wunderschönen Garten mitten in der Wüste war etwas so Ungewöhnliches möglich geworden. Erschöpft, entspannt und innerlich richtig glücklich gingen sie zurück zu ihren Plätzen, nahmen in den bequemen Korbsesseln Platz und fühlten in ihrem Innern noch immer diese ungewohnten und doch so frei machenden Bewegungen und die Töne dieser unglaublichen Musik.

Santa Fé-Express

Vor der Hütte im Sand der Sonora-Wüste sitzt Joe auf einem alten Schaukelstuhl, die langen Beine in seinen verschrammten Boots lang ausgestreckt. Den Stetson hat er ins Genick geschoben, die Augen geschlossen. So lässt er sich die letzten Sonnenstrahlen des Abends ins faltige, ledrige Gesicht scheinen. In der Hand hält er das fast leere Bourbon-Glas, die Flasche neben dem Stuhlbein ist umgefallen. Die rötlichen Strahlen der untergehenden Sonne bescheinen die weite Landschaft. Einige Saguaro-Kandelaber-Kakteen werfen schwarze Schatten in die staubige Sandwüste.

Joe träumt von alten Zeiten, als er noch mit seinem Pony, einem Appaloosa und seiner Rifle frei und ungebunden durch die Prärie gezogen ist. Große Rinderherden haben sie getrieben von der Sommerweide am Bear-Creek zu den Winterweiden in den Black-Mountain. Tagelang lagerten sie Abend für Abend am Lagerfeuer, der Kaffee in der Blechkanne über dem Feuer dampfte, die Steaks auf dem Grill brutzelten. In der Ferne bellte ein Coyote in die Nacht. Das Rasseln einer Rattle-Snake war leise zu hören. Der Sternenhimmel wölbte sich über ihnen zu einer riesigen Kuppel. Bei Nacht unter der Decke liegen und in die Sterne schauen und am Tag mit den Tieren durch das weite Land ziehen, das war für ihn die große Freiheit.

Auf einmal riss ihn der Ton des Santa-Fè-Expresses, der einige Meilen unten in der Wüstenlandschaft vorüberzog, aus seinem Traum. Choo-Choo klang es durch den Abend. Immer um die gleiche Zeit, jeden Tag, zog dieser silberne Lindwurm seine Bahn von Ost nach West durch die menschenleere Weite. Wie es wohl dort aussah, wo der Zug nun hinfuhr? Nie war Joe aus seiner Heimat Arizona weg gewesen. Manchmal hätte es ihn schon gereizt, zu wissen, wie es dort aussieht, welche Menschen dort wohl wohnen. Aber dann konnte er sich nicht vorstellen, aus seiner geliebten weiten Wüstenlandschaft in enge Städte zu ziehen. Nein, da wäre er eingegangen. Die Enge hätte ihn erstickt. Wenn es auch hier für ihn nun keine Arbeit mehr gab. Das Alter mit seinen Beschwerlichkeiten hatte zugeschlagen. Seine Beine waren steif geworden, die

Hüfte schmerzte und er war längst nicht mehr so wendig mit seinem Pferd wie man das für das Viehtreiben brauchte. So blieb ihm nur noch die Arbeit auf der Farm, ein Almosen des Farmers für ihn. Die Freiheit, mit der Herde zu ziehen, war vorbei. So steifbeinig wie er war, müsste man ihn noch vom Pferd heben, wenn abends abgesattelt wurde. Das fehlte grad noch. Nein, so eine Blamage wollte er nicht erleben, daran konnte er nicht mal im Traum denken. So blieb ihm seine alte Hütte, in der er nun wohnte. Sein Sattel hing an der Wand, das Halfter seines letzten Ponys daneben. Doch der Blick in die riesige weite Landschaft, das Choo-Choo des Santa-Fè-Express und vor allem den Sonnenuntergang an jedem Abend, die konnte ihm keiner nehmen und die wollte er genießen bis zu seinem allerletzten Sonnenuntergang, wenn der Große Manitou ihn in die ewigen Jagdgründe zu seinem Pony rief.

Schlaflos
in der Vollmondnacht

Der Zeiger der Uhr rückt vor, quälend langsam. Tick, tack, tick, tack. Das Geräusch nervt. Nora wird immer wacher, dreht sich von einer Seite auf die andere. Es hilft nichts, sie kann einfach nicht einschlafen. Das Gedankenkarussell in ihrem Kopf dreht sich und dreht sich.

„Warum kann ich nicht abschalten?" Fragt sie sich. „Warum lasse ich nicht einfach los. Es ist zu heiß. Diese Tropennächte sind nicht auszuhalten." Unruhig wälzt sie sich von einer Seite auf die andere. Das Laken ist schon feucht. So kann man doch nicht schlafen. Eine Mücke hat sich durch das offene Fenster eingeschlichen und sirrt mit nervtötendem Ton um ihr Gesicht herum. Nora wedelt entnervt mit den Händen, doch die Mücke entweicht immer wieder.

„Lacht sie mich aus, diese schreckliche Kreatur? Wenn ich das Fenster schließe, ersticke ich in dieser schwülen Luft." Zornige Tränen steigen ihr in die Augen. Dann hat sie es satt. Sie setzt sich auf, zieht die Beine unter dem

Laken hervor und stellt ihre Füße auf den Teppich vor ihrem Bett. Müde reibt sich Nora die Augen, geht zum offenen Fenster, schaut hinaus und hinauf zum hell leuchtenden Vollmond.

„Es ist ja auch kein Wunder, dass ich nicht schlafen kann, wenn du so hell in mein Fenster leuchtest," sagt sie zum Mond. Seufzend dreht sie sich um, hängt sich ihren dünnen Überwurf um, öffnet die Tür, schleicht leise die Treppe hinunter und geht auf die Terrasse. Hier scheint es etwas kühler zu sein. Ein leichter Wind weht um das Haus, verspricht ein wenig Kühlung. Sehnsüchtig hebt Nora ihr Gesicht zum dunklen Nachthimmel empor.

„Wenn ich doch nur wüsste, was ich machen soll. Die Entscheidung ist gar nicht so einfach." Die Gedanken in ihrem Kopf schwirren wie aufgescheuchte Vögel herum. Alles scheint einfach und dann doch wieder so schwer.

„Helfen kann mir keiner, ich muss es allein herausfinden." Sie schlingt ihre Arme fest um sich. Geht dann einige Schritte auf den taufeuchten Rasen. Die Kühle unter ihren Füßen tut gut.

„Mond, sag mir was ich tun soll." Doch der Mond scheint kalt und ungerührt. „Warum ist es so schwer, eine Entscheidung zu treffen? Anderen fällt das doch viel leichter." Sie setzt sich in das feuchte Gras. Das fühlt sich schön kühl an. Seufzend lässt sie sich nach hinten fallen, schaut in die Sterne. Nach einiger Zeit fallen ihr die Augen zu.

Wellen rauschen leise wie von fern. Lauter und deutlicher wird das Rauschen. An der Kante der Steilküste steht eine Frau. Still schaut sie auf das dunkle Wasser. Von hoch oben wirft der Mond einen Streifen silbernes Licht auf das Meer. Tief in Gedanken versunken schaut die Frau auf das glänzende Licht. In ihren Augen spiegelt sich nichts. Die zerklüfteten Felsen der hohen Küste stehen schwarz, fast drohend am Rand der silbern glänzenden Wasserfläche. Sehr nah, zu nah steht die Frau am Abbruch. Weiß sie nicht, dass darunter vielleicht keine Erde mehr ist und die Grasnarbe ganz leicht durch ein zusätzliches Gewicht nachgeben und abbrechen kann? Sie würde mitgerissen und hinunter in die zischend an den Felsen anbrandenden Wellen stürzen. Nimmt sie die Gefahr in Kauf? Ist es ihr vielleicht sogar egal, was mit ihr geschieht? Was hat sie vor? Und keiner ist da, sie zu warnen

Hinter der Frau, auf dem Weg am Rande des Maisfeldes, steht eine dunkle Gestalt. Still und beobachtend steht sie da, rührt sich nicht. Wen beobachtet sie, auf was lauert sie? Ihr Blick ist fixiert auf die Frau an der Kante der Steilküste. Die Frau am Rand bemerkt die dunkle Gestalt hinter sich nicht. Völlig vertieft schaut sie nur auf das strudelnde, schäumende Wasser, das unten an die Felsen schlägt. Fühlt sie nicht, dass sie beobachtet wird? Jetzt löst sich die dunkle Gestalt vom Feldrand. Langsam setzt sie Fuß vor Fuß. Schon ist sie in der Mitte des Weges. Nur noch wenige Meter trennen sie von der Frau an der Kante. Achtsam, um keinen Laut zu machen, schiebt sie sich weiter vor. Sie erreicht die Graskante, zwei, drei Schritte trennen sie noch. Lautlos hebt sie ihre Arme und schiebt sie nach vorn. Ihre Hände haben den Rücken der Frau am Rand fast erreicht. Zwei, drei Zentimeter fehlen nur noch. Da, ein Ruck und …. In diesem Moment dreht die Frau an der Kante sich um …..

Eine feuchte Schnauze stupst die auf dem Rasen schlafende Nora an. Eine raue Zunge leckt über ihr Gesicht. Sie schreckt aus dem Schlaf. Mit einem Ruck setzt sie sich auf, schaut schlaftrunken um sich. Ein braungefleckter Hund wedelt freundlich mit dem Schwanz und schaut sie mit klugen, dunklen Augen an. Steh auf, sagen seine Augen, lauf mit mir hinaus in den Morgen. Ich möchte rennen und schnuppern und neugierig die Umgebung erkunden. Komm mit, es ist so ein schöner Morgen. Nora schüttelt den Schlaf ab, steht auf, krault den Hund hinter den Ohren. Das mag er so gerne. Schnell geht sie ins Haus, zieht sich den Jogginganzug an und läuft mit dem Hund hinaus zur großen Wiese und bis zum Wald. Das tut gut. Die Morgenkühle erfrischt und die dunklen Traumgedanken der vergangenen Nacht verflüchtigen sich im hellen Licht des Morgens. Jetzt strömt wieder Tatkraft durch sie hindurch. Nora läuft schneller. Der Hund freut sich, rennt mit hechelnder Zunge neben ihr her. Lacht er? Sein Gesicht und seine Augen sehen so lustig aus. Ja, das ist eine Freude, mit einem so lieben Begleiter in den Morgen zu laufen und zu spüren, wie neue Kraft durch die Adern strömt. Neue Ideen wirbeln durch ihren Kopf. Abrupt stoppt

Nora. Gerade ist ihr die zündende Idee gekommen. Ja, so könnte es gehen, so könnte
sie sich entscheiden. Das fühlt sich richtig an.
Nora atmet tief ein.

„Wieso habe ich mir in der Nacht nur so den
Kopf zerbrochen?"

Unwetter am See

Vera steht am Fenster. Wieder eine Nacht in der sie nicht schlafen kann.

„Wie viele Nächte will ich noch am Fenster stehen? Hört das nie auf? Nun ist es schon einige Monate her, doch es ist, als wäre es erst gestern gewesen. Warum habe ich nur nicht stärker darauf gedrungen, dass Klaus bei mir bleibt? Ich hätte es doch versuchen müssen. Immer bin ich zu nachgiebig und nun ist es zu spät." Tränenlos blickt Vera in die Dunkelheit. Immer wieder ziehen diese nicht zu ändernden Gedanken durch ihren Kopf.

Es war so ein schöner Tag damals. Die Sonne schien warm, der See lag blau leuchtend vor ihnen. Viele weiße Segelboote zogen über den See. Die vier hatten sich so wohl gefühlt. Vom Ufer aus konnten sie in den See hineinlaufen und schwimmen. Warum hatte das nicht ausgereicht? Aber nein, als Klaus die vielen Segelboote auf dem See sah, war er so angetörnt, dass er unbedingt auch hinaus auf das Wasser wollte. Den Wind in den Segeln spüren und mit einem schnittigen Boot über den See fahren. Veras Argumente hatten nicht ausgereicht, um Klaus von dieser Idee abzuhalten. Die Berge rund um den See boten eine so schöne Kulisse. Es war einfach ein traumhafter Tag. Klaus ließ sich nicht zurückhalten. Lachend schob er mit seinen zwei Freunden das geliehene Boot in den See. Kräftig blies der böige Wind in die Segel und trieb das Boot schnell weit hinaus auf den Sees. Vera war am Ufer geblieben und schaute ihnen hinterher.

Im Klosterhof war an diesem Abend das Konzert einer Trachtengruppe angesagt. Eigentlich wollten sich die Vier das Konzert zusammen anhören.

„Warum bleiben sie nur so lang auf dem See? Es wird langsam Zeit, dass sie zurückkommen und wir gemeinsam in den Klosterhof gehen, um das Konzert anzuhören," hatte Vera noch gedacht. In ihrem neuen Dirndl war sie schon mal in den Klosterhof gegangen, um einen guten Platz zu suchen. Die Musiker hatten bereits auf der Bühne Platz genommen, ihre Instrumente ausgepackt und sie mit den ersten Probetönen eingestimmt. Viele Menschen standen und saßen schon plaudernd herum.

Plötzlich ein Windstoß, noch einer und dann öffnete der Himmel rasend schnell seine Schleusen. Im Nu brach ein Unwetter über den See herein. Das war so schnell heraufgezogen, kaum jemand hatte es kommen sehen. Die Musiker verstauten schnellstens ihre Instrumente, die Menschen in ihren schönen Trachten rannten, um irgendwo Schutz zu finden vor dem wie aus Kübeln herunterprasselnden Regen. Gelbe gleißende Scheinwerfer blitzten die Unwetterwarnung über den See. Die Sirenen schrillten über das Wasser. Alle Boote hatten schnellstens den See zu verlassen.

Hinter dem Fenster des Klostersaales geschützt, schaute Vera über den See. Die hohen alten Bäume bogen sich im Sturm, Äste krachten in den Park. Auf dem See schlugen die Wellen hoch und hatten weiße Schaumkronen. Der Sturm heulte um das Kloster. Der Regen prasselte an die Fenster. Kaum konnte man hinausschauen, so stark floss das Wasser an den Fenstern herunter.

„Wo sind die Drei mit dem Boot? Sie werden es doch geschafft haben," dachte Vera immer wieder. „Hoffentlich sind sie früh genug zum Ufer gekommen." Ihr war kalt, innerlich ganz kalt.

„Wenn Klaus wenigstens mal anrufen würde. damit ich mir keine Sorgen machen muss. Er hat doch sein Handy dabei. Warum ruft er nur nicht an?" Veras Freundin trat zu ihr und nahm ihre Hand. Doch Vera zog sie zurück. Jetzt konnte sie niemanden um sich gebrauchen. Sie war so unruhig und tief in Gedanken an ihn. Wie war es doch schön gewesen an diesem sonnigen Morgen, als sie lachend die lustige Cartoon-Ausstellung am See entlang angesehen und über die witzigen Einfälle der Künstler gelacht hatten. Das war doch gerade erst gewesen.

„Warum lässt er nichts von sich hören?" Das Unwetter war weitergezogen. Noch regnete es, doch nicht mehr so stark. Durch das jetzt geöffnete Fenster klang das Rauschen des Regens in den Bäumen.

Die Nacht schritt voran. Vera konnte sich nicht vom Fenster lösen. Sie starrte weiter in die Dunkelheit über den See. Sich ins Bett legen? Dazu war sie viel zu angespannt. Irgendwann in den Morgenstunden, Vera hatte das Gefühl für die Zeit verloren, kamen sie. Zwei Polizisten, eine Schwester des

Klosters, ihre Freundin. Sie traten leise und mit ernsten Gesichtern zu ihr. An ihren Gesichtern sah sie …Was wollten sie ihr sagen? Nein sie wollte es nicht hören. Sie konnten doch nicht …. Abrupt drehte sich Vera zum Fenster. Veras Freundin stellte sich neben sie. Die Polizistin sprach leise, mit ernster Stimme. Was sie sagte, traf Vera tief. Doch glauben konnte sie es nicht. Es konnte nicht wahr sein, es konnte einfach nicht wahr sein!!

Eine Sturmbö hatte das Boot getroffen. Der Großbaum traf Klaus am Kopf und warf ihn über Bord. Das Boot kenterte, das Segel schlug auf dem Wasser auf und drückte den Bewusstlosen unter Wasser. Die zwei anderen waren ebenfalls beim Kentern ins Wasser gestürzt, kamen aber nicht an Klaus heran. Bis sie das Boot wieder aufgerichtet und ihn unter dem Segel hervorgezogen hatten, war es bereits zu spät. Sie konnten ihn nicht mehr retten. Er war ertrunken.

Immer wieder ziehen diese Gedanken durch Veras Kopf. Sie stellt sich vor, wie er über Bord geht, unter dem Segel verschwindet, heruntergedrückt wird. Weiter zu denken, verbietet sie sich, das ist zu schrecklich.

Hoffentlich hat er nichts mehr mitgekriegt. Das wäre wenigstens eine Gnade.

Dieses Gedankenkarussell stellt sich immer wieder nachts ein. Sie kommt nicht davon los. Jede Nacht das gleiche, albtraumhaft. Dann steht sie auf, stellt sich ans Fenster und schaut in den dunklen Himmel. Schlaflos schon so lang

Mittagszeit in den Bergen

Die Glocken läuten zwölf Uhr Mittag. Ich stehe vor dem Hotel, schaue in die mir völlig fremde Umgebung und überlege, was ich nun anfangen, wohin ich nun gehen will. Ein Weg führt hinunter ins Tal. Dort ist die Überlandstraße mit viel Verkehr. Das ist nicht gerade reizvoll. Ich sehe, ein Weg geht steil hoch, das ist mir im Moment zu anstrengend. Doch ein anderer geht an der Wiese entlang und eine Bank in der Sonne zieht meinen Blick an. Das wäre jetzt gerade der richtige Platz. Ich könnte in der Sonne sitzen, mein von der Reise übriges „Hasenbrot" essen und mir die Umgebung anschauen. Gesagt, getan. Ich gehe den hellen Weg zwischen zwei Wiesen entlang zu der Bank, lasse mich nieder, esse mein Brot und genieße die wunderschöne Umgebung. Sanfte Hügel, saftig grüne Wiesen, ein kleines Wäldchen. Es ist so ruhig hier, nur ein paar

Vögel zwitschern ab und zu. Ich lasse mich von der Sonne verwöhnen.

Da höre ich Stimmen auf mich zukommen. Schade, sie stören diese herrliche Ruhe. Es sind drei Menschen, zwei mit Langstock (so wie ich) und eine sehende Person. Sie grüßen mich recht freundlich und gehen dann den Weg weiter. Irgendwie haben sie mich jetzt neugierig gemacht. Wohin gehen sie wohl? Ich folge ihnen mit einigem Abstand, es soll ja nicht aussehen, als ob ich sie verfolge. Der Weg führt durch das kleine Wäldchen, kommt an einem Holzhaus mit Sitzplatz vorbei, dann teilt er sich. Rechts wird er steiler, geht im Zickzack den Berg hoch. Darauf habe ich gerade keine Lust. Links geht der Weg wieder zwischen Wiesen hindurch. Die Drei gehen diesen Weg weiter und ich folge ihnen wieder.

Nach einer Weile bleibe ich stehen und schaue mich um. Welch ein wunderbarer Blick öffnet sich jetzt. Zerklüftete hohe Berge zum Teil noch mit Schnee darauf kommen in meinen Blick. Schon Jahre ist es her, dass ich in den hohen Bergen war und solch einen Anblick zu sehen bekam. Ich stehe einfach nur da und staune.

Da spricht mich eine Stimme von hinten an. Ein Wanderer grüßt freundlich und fragt, ob er mir die Berge erklären dürfe. Er hat wohl mein Staunen gesehen. Ich freue mich und lasse mir die vielen Bergspitzen mit Namen nennen. Merken kann ich sie mir nicht, dafür sind es doch zu viele. Er erzählt, dass vor uns die Ammergauer Alpen sind und das Ammergauer Tal mit Oberammergau dort hinten liegt. Nun weiß ich, wo der bekannte Ort liegt, in dem in diesem Jahr wieder die berühmten Oberammergauer Festspiele stattfinden, die nur alle 10 Jahre aufgeführt werden. Noch eine Weile unterhalte ich mich mit diesem freundlichen Wanderer, dann trennen wir uns und gehen in unterschiedliche Richtungen auseinander. Ich folge wieder meinem gut sichtbaren, weißen Weg zwischen den grünen Wiesen entlang. Auf der einen Seite ist das Panorama grüne Weiden und sanfte Hügel und auf der Rückseite, schroffe graue Bergspitzen mit weißen Schneemützen, darüber blauer Himmel mit weißen Wattewölkchen. Gibt es etwas Schöneres als so zwischen diesen wunderbaren Landschaften zu wandern, die Sonne und die reine Luft zu genießen und einfach nur zufrieden und glücklich zu sein?

Nach einer Weile ändert sich der Weg. Er führt geradewegs zu einem Bauernhof. Während ich darauf zu gehe, schauen mich von der Seite große braune Kugelaugen an. Still und ruhig stehen sie da, beobachten mich, folgen mir mit ihrem Blick. Die Braunen auf der Weide, sehen wohl nicht so oft Wanderer hier vorbei gehen und haben nun etwas Abwechslung in ihrem täglichen Kuh-Einerlei. Lustig sehen sie aus, so ruhig dastehend und doch voller Achtsamkeit für diesen Zweibeiner vor ihrem Zaun. Der Weg führt direkt durch den Bauernhof. Hier teilt er sich wieder. Will ich noch weiter geradeaus bis in den Ort laufen, oder sollte ich lieber sehen, dass ich den Rückweg zum Hotel finde. Es ist langsam Zeit geworden. Ich überlege noch, da sprechen mich zwei nette Frauen an und fragen, wohin ich wolle. Ich entscheide mich für den Rückweg zum Hotel und sie geben mir den Rat, den nächsten Abzweig links zwischen den Weiden zu nehmen. Wenn ich aber an der Gärtnerei angekommen sei, hätte ich den Abzweig verpasst. Das ist ein guter Rat und leicht zu merken.

Ich laufe so vor mich hin, schaue die satten grünen Weiden voller gelber Löwenzahnblüten an. Das Grün ist überall gesprenkelt mit vielen gelben Blüten. Nach einer Weile sehe ich ein wunderschönes Wegkreuz mit einer Bank und einem Blumenbeet davor. Da muss ich einfach einige Minuten verweilen.

Es erinnert mich an eine Begebenheit in einem Urlaub in Österreich. Ich war mit meinem damals vierjährigen Sohn auf einem Wiesenweg unterwegs, als ein Gewitter sehr schnell hinter uns aufzog. Mein kleiner Sohn konnte noch nicht so schnell laufen, um unser Haus noch zu erreichen. Das Gewitter stand sehr schnell direkt über uns. Es blitzte und krachte. Ein Riesenkracher ließ uns zusammenfahren. Starr vor Schreck blieb ich stehen. Mein kleiner Sohn klammerte sich angstvoll an mich. Direkt in unserer Nähe musste der Blitz eingeschlagen sein, dass ein so lauter Donner krachte. Dann setzte strömender Regen ein. Als ich mich etwas gefasst hatte, liefen wir so schnell wir konnten und erreichten unsere Pension völlig durchnässt. Die Wirtsleute standen vor der Tür und erwarteten uns mit großer Sorge. Später am Abend gingen wir nochmal in die Wiesen zu der Stelle, wo Blitz und Donner uns überrascht hatten. Dort sahen wir, nur ein paar Meter weiter war der Blitz in ein Wegkreuz eingeschlagen. Er hatte das Kreuz mitten durch gespalten und die Figur des Heilands am Kreuz war zur Hälfte schwarz verschmort. Dieses Wegkreuz, dieser Herrgott hat uns das Leben gerettet, denn es war höher als wir zwei und wurde deshalb vom Blitz angezogen. Sonst wären wir die höchste Erhebung in den Wiesen gewesen und sicher getroffen worden. Jedes Wegkreuz sehe ich heute mit anderen Augen an und bedanke mich jedes Mal für unsere „Rettung".

Das sind so meine Gedanken an dem Wegkreuz heute. Ich gehe weiter und finde nach einigen Metern ohne Schwierigkeit den Abzweig nach links. Einige Meter voraus ist die Gärtnerei zu sehen. Also bin ich richtig gegangen. Dieser Weg führt wieder durch schöne grüne Weiden, eine Stufe unter dem Weg, den ich gekommen bin. Nach einer Weile komme ich am Hotel wieder an. Sehr zufrieden bin ich mit meiner Mittagswanderung. Einmal, weil ich mich getraut habe, einen mir unbekannten Weg in einer fremden

Umgebung auszuprobieren. Doch vor allem, weil ich dabei diese reizvolle Landschaft mit den zwei verschiedenen Seiten, sanfte, milde Hügel und hoheitsvoll schroffe Berge entdeckt habe in dieser herrlichen Mittagzeit mit Sonne, Ruhe und reiner Luft.

Flug über die Alpen

Der Morgen zeigte sich mit Sonne, blauem Himmel und fast windstill. Heute sollte mein Geburtstagsgeschenk eingelöst werden. Ich hatte einen Gutschein für einen Flug bekommen. Einen speziellen Flug. Nämlich einen Flug mit einer Cessna über die Alpen. Und heute Morgen sollte es losgehen.

Am Flughafen Stuttgart angekommen, wartete die viersitzige Cessna startbereit auf uns. Der Pilot, mein Sohn, führte alle technischen Prüfungen durch und dann konnten wir einsteigen. Er gab den Fluglotsen unsere Flugroute durch und mit der Freigabe vom Tower rollten wir in Richtung Landebahn. Hier wurde es interessant. Die kleine Cessna hatte sich zwischen die großen Airliner einzuordnen. Das sah aus, als hätte sich ein Grashüpfer zwischen die Großen gestellt. Doch genauso ernstgenommen wie eine große Maschine bekamen wir die Freigabe zum Start und rollten mit viel Schub los. Dann hob der Flieger ab. Welch ein erhebendes Gefühl. Wir schwebten in der Luft und flogen gen Süden. Der blaue Himmel leuchtete über uns und die Luft trug uns ruhig. Ohne irgendwelche Turbulenzen flog die Cessna ihren Weg.

Nach einigen Kilometern sahen wir in der Ferne etwas glitzern. Eine große Wasserfläche kam näher. Wir flogen über dem Bodensee. Unter uns lag Konstanz mit seinem Fährhafen und dicht daneben die schöne Insel Mainau. Über der Insel flog unser Pilot tiefer. Beeindruckend war der Blick von oben auf die Gebäude und die Gartenanlagen. Die Insel mit ihren vielen Blüten in der Sonne liegen zu sehen, das blaue Wasser ringsherum, das war schon ein Erlebnis.

Doch weiter ging der Flug so ruhig, wie ich noch nie geflogen war, auf die Alpen zu. Immer näher kamen die hohen Berge und wir flogen mitten zwischen den Bergspitzen hindurch. Nach einiger Zeit lag die Stadt Innsbruck unter uns. Eindrucksvoll sah diese schöne Stadt mit ihren im Sonnenlicht leuchtenden weißen Häusern von oben aus. Auf dem internationalen Flughafen von Innsbruck landeten wir ohne Probleme.

Zuerst einmal wollten wir in der Stadt das „Goldene Dacherl", die Sehenswürdigkeit von Innsbruck besuchen. Gar nicht so leicht war es zu finden, wenn man nicht wusste, wie dieses „Dacherl" überhaupt aussah. Wir fragten einen Mann der uns entgegenkam, wo denn das „Goldene Dacherl" wäre. Erstaunt schaute er uns an und sagte:

„Sie stehen fast davor". Ungläubig starrten wir ihn an. Uns war noch kein goldenes Dach aufgefallen. Doch genau hinter uns kam ein goldenes Dach in unseren Blick. Nicht oben auf einem Haus, wo unsere Blicke es gesucht hatten, sondern mitten an einer Hausfassade angebracht, funkelte es uns golden an. Das also war das berühmte „Goldene Dacherl". Etwas größeres hatten wir uns darunter vorgestellt, doch nun hatten wir dieses Wahrzeichen auch gesehen.

In einem Straßen-Café ließen wir uns eine Melange und ein Stück Sacher-Torte schmecken. Die „Mehlspeisen" der Österreicher sind schon ein Gedicht. In der Sonne sitzend, die frische Bergluft genießend und dem Treiben der Menschen, die an uns vorbei flanierten, zuzusehen, war wie Urlaub im Süden. So verflog die Zeit. Unser Rückflug wartete. Noch bei Tageslicht mussten wir wieder zurück auf unserem Heimatflughafen sein. Die

Cessna hatte nur eine Berechtigung bei Tageslicht zu fliegen. Also bummelten wir durch die Stadt zum Flughafen zurück. Die Cessna wartete bereits auf uns. Sie wurde betankt und alle technischen Prüfungen, die vor einem Flug notwendig waren, wurden vorgenommen, wir stiegen ein und der Rückflug konnte losgehen. Nach der Freigabe durch die Fluglotsen rollten wir zum Start. Alles ging gut, wir hoben ab. Doch nachdem wir einige Meter geflogen waren, blieb die Maschine in der Luft stehen. Der Motor brummte, da war alles in Ordnung. Aber die Cessna flog einfach nicht weiter, stand auf einem Fleck in der Luft. Was war los? Mir wurde etwas mulmig. Warum flog die Maschine nicht weiter? Warum stand sie wie ein Hubschrauber in der Luft? Wir würden doch wohl nicht wie ein Stein abstürzen? Der Pilot blieb ruhig, sprach mit dem Tower. Immer noch hielten wir uns in der Luft. Endlich nach einigen Minuten, ein Aufatmen. Mir fiel ein großer Stein vom Herzen. Ich hatte fast damit gerechnet, dass wir hier abstürzen könnten, und dann wäre es das gewesen. Ganz langsam setzte sich die Cessna wieder in Bewegung und flog weiter, in

Richtung der hohen Berge das Tal entlang. Höher und höher schraubte sie sich und flog irgendwann hoch über den Bergspitzen.

Später, nachdem ich den Schrecken überwunden hatte, fragte ich, was denn losgewesen wäre, warum die Maschine so still in der Luft gestanden hätte und nicht weitergeflogen wäre. Der Pilot sagte dazu, dass gerade um den Airport von Innsbruck herum sehr starke Turbulenzen seien und von den hohen Bergen Fallwinde heruntergekommen wären, die das Flugzeug nach unten gedrückt hätten und trotz des starken Schubs, der Motor nicht dagegen angekommen sei. Aber es hätte trotzdem keine Gefahr bestanden, wir hätten jederzeit wieder zurückfliegen und landen können. Das machte mich noch nachträglich sehr betroffen. Aber es war ja alles gut gegangen und nun konnte ich den weiteren Flug auch wieder genießen.

Und dieser Flug über die hohen Berge hinweg war wirklich einmalig. So nah war ich den Bergspitzen unter uns noch nicht gekommen. Vor uns kam auch noch das wunderschöne Gipfelkreuz der Zugspitze auf uns zu und wir flogen sehr nah an ihm vorbei. Beeindruckend gut konnten wir jede

Einzelheit erkennen. Diesen Anblick, das leuchtende Kreuz neben uns, werde ich nicht vergessen.

Die hohen Berge waren nun überflogen und die Landschaft zog wieder tief unter uns vorbei. Im Norden, dort wo wir hinfliegen wollten, bauten sich einige graue Wolken auf. Als wir näherkamen, setzte sogar noch ein Regenschauer ein. Die Aussicht war zwar nicht mehr so gut und der Flug etwas „holpriger", doch wir kamen wieder gut auf unserem Heimatflughafen an. Ohne Probleme bekamen wir die Landeerlaubnis, reihten uns wieder zwischen den großen Airlinern ein und setzten sanft auf der Landebahn auf.

Mein Geschenk, ein so großartiger, interessanter Tag war zu Ende. Welch ein beeindruckendes Erlebnis war dieser Tag gewesen. Ein bisschen Nervenkitzel gehörte auch dazu, genauso wie die grandiosen Ausblicke über die hohen Bergspitzen. Besonders eindrucksvoll blieb mir in Erinnerung, so nah am Gipfelkreuz der Zugspitze vorbeigeflogen zu sein. Dieses Bild bleibt mir immer in Erinnerung.

Ein Abend, ein Schiff und Fackeln im Burghof

Am Ufer des großen Flusses liegt das Schiff. Festlich gekleidete Menschen stehen in kleinen Grüppchen plaudernd am Kai. Aus den Augenwinkeln beobachten sie die Ankommenden. Die Frauen tragen festliche lange Kleider. Männer sieht man in eleganten Anzügen. Der Tag war heiß, jetzt am Abend ist es immer noch angenehm warm. Tief steht die Sonne im Westen, bald wird sie untergehen. Vom Schiff wird die Gangway zum Ufer geschoben und ein Matrose öffnet den Eingang. Langsam setzt sich die Festgesellschaft in Bewegung und betritt das Schiff. Weiss gedeckte Tische erwarten sie im Salon. An einer Seite lockt ein großes Buffet. Lachend und schwatzend verteilen sich die Menschen an den Tischen. Eine Band spielt im Hintergrund leise Unterhaltungsmusik. Als alle ihre Plätze gefunden haben, tritt ein Mann ans Mikrofon. Langsam wird es still im Raum. Die Begrüßungsrede beginnt, doch sie dauert nicht lang. Schmunzelnd wird die Einladung zur Eröffnung des Buffetts ausgesprochen und aufatmend erheben sich die Ersten. Erwartungsvoll streben nacheinander alle zum Buffett. Auf vielen gefüllten Platten und Schalen locken lecker aussehende Gerichte zum Zugreifen. Die Wahl fällt schwer.

Inzwischen hat das Schiff abgelegt und fährt in der Mitte des Stroms flussabwärts nach Norden. Auf dem mit bunten Lampions geschmückten Oberdeck beginnt eine Tanzkapelle zu spielen. Das Buffett im Salon wird abgeräumt. Nach und nach kommen die ersten zum Tanzen an Deck und die Tanzfläche füllt sich. Die bunten Lampions schaukeln im Fahrtwind rund um die Tanzfläche. Besonders farbig leuchten sie gegen den dunklen Abendhimmel. Samtig warm ist die Luft an diesem Sommerabend. Am Ufer ziehen die Lichter der kleinen Winzerorte vorbei. Ruhig fährt das Schiff auf dem Wasser dahin. Rechts und links vom Strom sieht man oben auf den Berghängen hin und wieder hell angestrahlte Ruinen von mittelalterlichen Burgen.

Auf einmal fährt das Schiff an den Kai eines kleinen Städtchens und legt an. Die

Gangway wird angelegt und etwas überrascht verlassen die Menschen das Schiff. Noch wissen sie nicht wie und wohin es weitergeht an diesem Abend. Einige Busse fahren vor. Ein Guide bittet, einzusteigen.

„Wohin werden wir gefahren", fragt eine Frau ihren Mann. Er zuckt die Schultern, er weiß es auch nicht.

Eine kurvenreiche Straße führt immer höher in die Berge hinauf. Nach einer Weile zweigt sie nach rechts ab und in der nächsten Kurve taucht plötzlich der Umriss einer großen Burg vor dem Frontfenster auf. Auf dem Platz vor der Burg halten die Busse und die Menschen steigen aus.

Die Burg umgibt eine hohe Mauer aus dicken Quadern. Ein großes Tor gibt den Blick auf den erleuchteten Burghof frei. Erwartungsvoll streben die Menschen dem Licht des Hofes zu, um überrascht in der Toröffnung stehen zu bleiben und zu staunen. An den Wänden des großen Burghofes hängen viele Pechfackeln und leuchten den Hof aus. Sehr mystisch und mittelalterlich wirkt diese Beleuchtung. Beim Näherkommen werden vier große Feuerstellen sichtbar. An übermannshohen Grillspießen über der Glut von dicken Holzscheiten drehen sich große ganze Ochsen. Wie viele Stunden mögen die Ochsen schon so schmoren?

Rustikale Holztische und lange Bänke sind im Burghof aufgestellt. Hier nehmen nun alle Platz. Der erste Ochse wird angeschnitten. Saft tropft zischend auf die glühenden Holzscheite und lässt die Flammen hochauflodern. Ein wunderbarer Duft nach Gegrilltem zieht über den Burghof. Nach und nach bekommt jeder einen Teller mit leckerem, zartem, heißen Ochsenfleisch. Ein Humpen Bier rundet das mittelalterliche Mahl hier unter den Sternen zwischen den alten dicken Steinmauern der Burg ab.

Langsam ist die Nacht vorangeschritten und eine einzelne Glocke läutet zur Mitternachtsstunde. Die Gespräche werden ruhiger, Ahnung von etwas Besonderem liegt in der Luft. Knarrend öffnet sich im großen Turm der Burg eine Tür. Eine altertümlich gekleidete Gestalt tritt heraus und lädt winkend alle Menschen ein, ihr ins Dunkel zu folgen. Steil ist die Treppe, die sich hinunter in die Tiefe windet. Schmal und ausgetreten sind die Stufen. Nur hin und wieder flackert eine Fackel in einem Halter an der Wand.

Immer gespenstischer wird es, je tiefer es geht. Die fröhlichen Gespräche verstummen. Wer mag hier wohl schon hinuntergebracht worden sein? Was mögen die Wände schon alles miterlebt haben? Wieviel Schrecken, Entsetzen und Grauen mögen diese Steine gespeichert haben?

Endlich in der Tiefe angekommen, öffnet sich ein großer Raum. War es ein Keller oder das Verlies? Was mochte es wohl in früherer Zeit gewesen sein? Wieviel Stöhnen, Schreie, Flüche, Tränen und wieviel Leid mag es hier wohl gegeben haben? Stumm schauen sich alle in diesem Gewölbe um. Auf einmal zieht ein Raunen durch den Raum. Eine Hand deutet auf eine Stelle in halber Höhe der Wand.

„Da, da, schaut mal," hört man rufen. Alle Blicke richten sich auf diese Stelle. Ungläubig schauen manche, zweifelnd andere. Entlang der Wand sieht man in dem schummrigen Licht eine weiße Gestalt schweben. Keinen Laut gibt sie von sich, sieht furchteinflößend aus. Sie löst sich etwas von der Wand, blickt auf die Menschenmenge unter ihr, reißt die Arme hoch und stößt einen grauenvollen Schrei aus. Alles erschrickt, das Blut gefriert fast, Gänsehaut zieht über die Arme. Ängstliche Frauen verstecken sich hinter ihren Begleitern. Was hat das zu bedeuten? Ist das real, oder? Mit einem klagenden Schrei verschwindet das Burggespenst wieder in der Wand.

Welch ein schauerliches, gruseliges Erlebnis! Fast panisch drängen die Menschen die steile Treppe wieder hinauf. Endlich, der große Burghof mit seinen hellleuchtenden Fackeln ist erreicht. Großes Aufatmen zieht durch die Menge. Dann ertönt ein Lachen. Was war denn das eben? Das erlösende Lachen breitet sich aus, wird lauter und lauter. Ein Gespenst, das gibt es doch gar nicht. Daran glaubt doch niemand mehr. Und doch, in der Tiefe dieses schaurigen Kellers war die Erscheinung doch sehr beeindruckend. Waren es die Wände, die so viel schon gesehen und gespeichert hatten? Die Atmosphäre dieser dunklen Tiefe, so beklemmend und erdrückend, brachte sie dieses unheimliche Gefühl hervor?

Wie gut, endlich diesem merkwürdigen Gruseln entkommen und wieder in der heutigen aufgeklärten Realität angekommen zu sein. Noch längere Zeit stehen die Menschen zusammen, lachen und erzählen über das Gruseln, aber auch über die romantische Schiffsfahrt unter Sternen, das mittelalterliche Mahl im alten Burghof. Für alle war es ein eindrucksvoller Abend, eine spukige Nacht: Nun ist sie vorbei. Die Busse kommen und bringen die Menschen heimwärts. Noch lange wird dieser außergewöhnliche. besondere Ausflug im Gedächtnis derer bleiben, die ihn erlebt haben.

Ausgeträumt

Nach einem langen Arbeitstag kam der Fliesenleger müde nachhause. In seiner Straße sah er Rauch aufsteigen. Merkwürdig, bei dem schönen Wetter? Ist das unser Haus?

Eilends lief er zu seinem Haus und blieb abrupt stehen. Mit schreckgeweiteten Augen sah er zum Schornstein hoch. Das konnte doch nicht sein! Der Rauch kam aus dem alten Schornstein. Doch der Ofen im Keller, der an ihm angeschlossen war, lag doch schon lange still. Oh, nein, das durfte nicht sein …..

Wie froh war er gewesen, in den Zirkel der Handwerker aufgenommen worden zu sein, die sich die lukrativen Aufträge „ohne Rechnung" zuschoben. Eine zusätzliche Plackerei, doch sehr einträglich. Seiner Frau hatte er davon erzählen müssen. Sie bekam ja die Zeiten, die er auf der Arbeit war, mit. Einen kleinen Betrag von dem „Schwarzgeld", das er dort verdiente, gab er ihr ab. Das andere ……

Er hatte geglaubt, sein Versteck im alten Ofen würde nicht entdeckt, und nun rauchte dieser Schornstein! Seine ganze Arbeit der letzten Monate wäre umsonst! Nur seine Frau würde davon profitieren! Gerade sie, die immer so auf ihn aufpasste! Er hätte dann umsonst geschuftet! Das wäre unerträglich! Dann müsste er wieder an einem Wettbewerb teilnehmen und das wäre mühevoll und lästig.

Auf der Terrasse in der Sonne saß seine Frau und genoss ihren Eiskaffee. Dabei ging ihr der Student, der sie gestern in der Buchhandlung angesprochen hatte, nicht mehr aus dem Sinn. Gut sah er aus und süß war er, wie ein Schokodrops, schwärmte sie still. Er hatte sie gefragt, ob nicht in ihrem Haushalt ein Ofen wäre, den sie nicht mehr brauchen würden und den er vielleicht bekommen könnte. Für eine Theateraufführung bräuchten sie so einen alten Ofen. Er hatte ihr auch eine Karte für die Premiere versprochen. Da war ihr der alte Ofen im hinteren Keller eingefallen. Und heute hatte sie gerade Zeit und Lust, war hinunter in den Keller gegangen und hatte sich den alten Ofen vorgenommen.

Welch eine Überraschung, als sie die Ofentür öffnete und dieses dicke Paket darin fand. So viel Geld hatte sie noch nie gesehen. Und das hatte er alles an ihr vorbei schleusen wollen. Sie mit einem kleinen Betrag abspeisen und so tun, als wenn die Arbeit nicht besser bezahlt würde.

Da hatte ihr lieber Mann aber in die Zitrone gebissen! Nicht mit ihr! Du unterschätzt mich, mein Lieber!

Die Idee, Feuer im Ofen zu machen, damit es so aussähe, als wäre alles verbrannt, war ihr erst später gekommen. Welch grandiose Idee!! Nun konnte sie ganz überrascht tun, falls er etwas sagen würde. Falls !!

Sie schmunzelte in sich hinein. Wie herrlich die Sonne schien und wie gut ihr gerade heute ihr Eiskaffee schmeckte! Tja, unterschätz nie eine Frau !!!

Ein Morgen im Herbstwald

Bäume voll gelber, brauner und grüner Blätter säumen einen breiten Weg. Dicht bedeckt ist er mit raschelnden Blättern. Regentropfen der vergangenen Nacht hüpfen leise von Blatt zu Blatt. Manch ein Blatt löst sich dabei vom Ast und fliegt in die Freiheit. Taumelnd und schwebend tanzt es seinen letzten, völlig freien Tanz, schwebt mal hinauf, dann weiter hinunter, lässt sich von der Luft tragen, verweilt ein wenig, strudelt um die eigene Achse, quirlt an Ästen und Blättern vorbei, immer tiefer dem Grund zu. Dann ein letzter Dreh und schon landet es sanft auf dem Waldboden. Hier ruht es nun gemeinsam mit den anderen schon vor ihm abgefallenen bunten Blättern. Noch einmal bäumt es sich auf, hüpft ein paar Blätter weiter, bis es endgültig still auf der Erde liegen bleibt. Mit einem lauten Plopp fällt senkrecht eine grüne, stachelige Kugel durch die Äste zum Boden. Beim Aufschlagen auf dem weichen Waldboden öffnet sie sich und entlässt drei glänzend braune Kastanien. Viele ihrer Gefährten liegen schon zwischen den braunen

Blättern, warten auf die sammelnden Kinder, die zuhause Tiere oder ähnliches daraus basteln werden. Oder auf die wilden Schweine für die sie ein Leckerbissen sind.

Oben in den hohen Baumkronen piept ein kleiner Vogel zart sein Morgenlied. Durch die schweigenden Bäume zieht heller Nebel. Weiter hinten auf dem Weg verschwimmen die Baumsilhouetten wie in einem Aquarell im Nebel. Über den Wipfeln wird es an einem Stückchen Himmel heller. Mit viel Mühe versuchen ein paar Sonnenstrahlen den Nebel zu durchdringen. Doch es gelingt ihnen nicht. Der Nebel schließt die Lücke wieder und hüllt alles in seine feuchte Undurchdringlichkeit ein. Ein früher Wanderer geht mit langsamem Schritt den Waldweg entlang. Hin und wieder bleibt er stehen, schaut in die Baumkronen, hört dem leisen Vogel zu. Die Birken, nahe am Weg, stehen dicht beieinander, etwas traurig sehen sie aus. Dies ist nicht ihre Zeit, sie warten. Es wird noch einige Monate dauern und dann kommt er wieder für sie, der Frühling. Nur der Specht klopft laut und kraftvoll. Sein Hämmern durchdringt die morgendliche Stille. Dann ist wieder Ruhe. Der einsame

Wanderer geht ungehört seinen Weg, entlang an den tropfenden Büschen, den leise fallenden Blättern und dem Rauschen des aufkommenden Windes. Der zupft und rüttelt zuerst sanft an den Blättern, lässt sie an ihren Ästen drehen und zittern. Nach und nach wird er stärker, rüttelt nun an den schon sich lockernden gelben und braunen, großen und schmalen Blättern. „Kommt mit," ruft er ihnen zu. „Ich lasse euch tanzen, drehen und schweben, leicht wie Federn werdet ihr fliegen, zu höheren Baumwipfeln puste ich euch, doch am Ende eures Tanzes lasse ich euch sanft dem Boden entgegen schweben, dort könnt ihr ausruhen". Auf dem Weg des einsamen Wanderers öffnet sich der Blick auf einen kleinen See. Mystisch liegt er da, seine Konturen sind nebelverhangen, kaum zu erkennen ist sein Ende. Kein Frosch lässt im Schilf sein Quaken hören, kein Entenpaar zieht stille Kreise über das Wasser. Auf der Enteninsel in der Mitte sind die Bäume schon fast kahl. Ein Fisch springt aus dem Wasser. Lange ziehen seine Kreise über das Wasser, werden größer und weiter, streben ruhig dem anderen Ufer zu. Die einzige Bewegung auf der Wasseroberfläche.

Am Ufer, die alte Bank, schon verwittert und etwas morsch hält sie sich doch noch aufrecht. Helle und dunkle Flecken von Flechten und Moosen überziehen ihr Holz. Ein dickes Polster aus braunen, abgefallenen Blättern bedeckt die Sitzfläche. Wie viele Herbste wird die alte Bank noch aushalten? In den Zweigen der Brombeerhecke hat eine Spinne ihr kunstvolles Netz gespannt. Voller Nebeltropfen zeigt es seine fragile Schönheit. Am Weg des Wanderers zeigt sich rund um eine dicke Buche ein Pilzgeflecht. Wie in einem Kreis um den Baum herum wachsen die weißen Hüte aus dem braunen Blattwerk heraus. Ein schmaler fast zugewachsener Abzweig führt zu einer sehr alten, großen, dicken Eiche. Ein Naturdenkmal. Den Förstern dieses Waldes gewidmet, steht sie da. Die ausgebreiteten Arme von vier Männern können ihren Stamm gerade so umfassen. Wie viele Jahre, Jahrhunderte hat sie schon erlebt? Was ist unter ihren Zweigen vorbeigegangen? Nachdenklich sieht der Wanderer zu ihrer hohen Krone empor. Der schmale Weg zieht ihn weiter in den Wald hinein. Eine Fichte, einzeln und schön gewachsen, reckt erwartungsvoll ihre Zweige.

Bald kommt ihre Zeit. Oder darf sie noch einige Jahre Sonne, Regen, Schnee und Wind erleben? In ihrer Nähe leuchtet ein roter Fleck dem Blick des Wanderers entgegen. Ein roter Pilz mit weißen Tupfen, prächtig sieht er aus. Magisch zieht er den Blick auf sich. Bewundern kann man ihn, doch die grell leuchtende Farbe täuscht, von ihm nimmt jeder lieber Abstand. Ein paar Meter weiter strebt bescheiden ein runder brauner Hut aus dem ebenso braunen Blättergewirr an die Oberfläche. Getragen wird er von einem dicken, starken, hellen Fuß. So leicht kann er nicht umfallen, er ist standhaft. Und, er ist begehrt, ihn suchen die Augen der Sammler, so schmackhaft wie er ist, der Steinpilz. Doch auch die Tiere des Waldes mögen ihn. Besonders die wilden Schweine lieben es, nach ihm zu graben. Unter den Füßen des Wanderers rascheln die vielen braunen Blätter. Sie haben ihren Tanz schon beendet, sorgen jetzt für ein weiches Gefühl unter den Füßen und, sie verführen, mit schlurfenden Schritten in ihnen zu rascheln. Seit Kinderzeiten immer wieder gerne gemacht, zaubert es ein Schmunzeln in das Gesicht des Wanderers. Der schmale Weg führt zu einer Bank mit einem Tisch. Beide sind auch schon gezeichnet von vielen Jahren in Sonne, Wind und Regen. Der Nebel am Morgen legt eine helle, glänzende Schicht über ihr Holz. Fast sieht es aus wie von Raureif oder leichtem Schnee überzogen. Einen Augenblick ruht der Wanderer auf der Bank aus, blickt in die nebelverhangenen Bäume, die Tröpfchen an den Grashalmen der Wiese neben der Bank. Der Wind bläst kühler an diesem Morgen. Eine Ahnung der kommenden Kälte, vielleicht -des ersten Schnees zieht bereits über den stillen Herbstwald.